KB056023

뭔가 해명해야 할 것 같은
4번 출구

파란시선 0015 뭔가 해명해야 할 것 같은 4번 출구

1판 1쇄 펴낸날 2017년 9월 18일
지은이 서광일
펴낸이 채상우
디자인 최선영
펴낸곳 (주)함께하는출판그룹파란
등록번호 제2015-000068호
등록일자 2015년 9월 15일
주소 (07552) 서울특별시 강서구 공항대로 59길 80-12, 3층(등촌동)
전화 02-3665-8689
팩스 02-3665-8690
모바일팩스 0504-441-3439
이메일 bookparan2015@hanmail.net

ⓒ서광일, 2017, printed in Seoul, Korea

ISBN 979-11-87756-10-1 04810
     979-11-956331-0-4 04810 (세트)

값 10,000원

뭔가 해명해야 할 것 같은
4번 출구

서광일 시집

시인의 말

상추와 토마토 모종을 심고 물을 뿌리는 일도

채석강 물보라에게 가슴 안쪽을 내어 주는 일도

천상열차분야지도를 하나하나 돌 위에 새기는 일도

태양계를 벗어난 보이저 1호, 지구의 속삭임도

어쩌면

당신에 관한 생각

차례

시인의 말

제1부

제2부

제3부

제4부

해설

제1부

봄 1

번호를 맞춰 본다
누가 뒤통수를 빤히 보는 것 같다
18이 44와 45를 본다
고요가 적막을
적막이 참혹을
저기 어디쯤을 본다
담장 너머 떨어지는 목련꽃
햇살과 새싹 사이를 본다
이를 악문다

사다리 끝을 본다
오른다 본다
철탑 끝에 윙윙 바람이 분다
아내가 신은 양말에서 구멍을 본다
조심스레 신발을 벗어 본다
아슬아슬한 발아래 세상
사람들이 지나가다 고개 들어 본다
잘 모르겠다는 듯 가던 길 간다
하염없이 꽃잎만 본다

봄 2

새벽녘
강가에 핀
물안개처럼
물끄러미
당신 곁을
서성인다

식은땀
흠뻑 젖은
낡은 외투에
살의를 숨기고
둔기처럼
무겁게

잠든
발치에서
창에 비친
달그림자처럼
당신 숨결을
본다

봄은

봄 3

하품하듯 스크린 도어가 열렸다
자기식대로 잠을 적립하는 승객들
요즘은 하루가 너무 길다

문 옆 기둥에 기대앉은 여자는
고개가 꺾이는 줄도 모른다
가방이며 손이며 흘러내리고

다리가 점점 벌어진다
치마는 짧고 시선은 깊다
사내들의 집요한 집중력

소스라치며 고개가 들리기도 하지만
무슨 잠을 벌충하려는 건지
감은 눈은 좀처럼 열리지 않는다

눈동자가 이리저리 굴러다녀도
여자의 잠은 너무나 편안하다
사내들은 오로지 한곳만 본다

마침

지지리 궁상이다. 세탁기에서 꺼낸 빨래가 지들끼리 꽉 엉켰다. 마침 아기를 재우고 걸레를 빨던 삼양연립 201동 401호 은경 씨. 다음 달부터가 걱정이다. 임신 8개월까지 직장에 다녔고 벌써 그게 1년 6개월 전이다. 마침 남편 회사는 일이 점점 줄더니 감원이 시작됐다. 경기가 나빠지면 사람 수를 줄이는 방법 말고 이렇다 할 대안은 없는 건가. 결국 엉킨 빨래는 바닥에 떨어지고 엉겨 붙은 먼지처럼 질문만 잔뜩 묻어난다. 오늘따라 유난히 빨래들이 탁탁 털어지지 않고 고집을 부린다. 욕심을 부린 것도 아니고 남들처럼 프리미엄 따져 가며 집을 구한 것도 아닌데 대출이자는 대놓고 올랐다. 마침 아기가 생겼고 태어났고 자랄 것이다. 아기 옷은 따로 빨아야 되는데 엉킨 빨래 속에 곰돌이 내복 바지가 딸려 온다. 아기가 깼는지 우는 소리가 난다. 마침 비행기가 낮게 난다. 진짜 더럽게 시끄럽게도 난다.

웃는 여자

그녀는 참을 수 없었다

하루 종일 웃었다
너무 지쳐 오는 길에 한잔했다
안녕하십니까~ 사랑합니다~ 감사합니다~
몇 개 안 되는 문장의 주어는 고객님이다

CCTV
그 속에서 웃고 있을 자신을 상상한다
백화점 1층 화장품 매장 앞에는
쓸데없이 손님들이 많다

문을 잠그고 창을 닫고
욕을 하며 잡히는 대로 집어던진다
매니큐어가 튀고 스킨로션이 터진다
침대 시트에 피가 흥건한 날도 있었다

거울 속에서 흘기고 있는 쟨 누굴까
헝클어진 모나리자 티슈처럼 웃었다
울었다 선풍기 목을 부러뜨렸다

스마트폰을 박살냈다

아침이면 아무것도 기억하지 못하는 그녀
8평 반 지하에서 온몸으로 드리핑을 완성한다
거울 조각 속 수많은 그녀가 운다
웃는다 마스카라처럼 흘러내린다

내일은 모처럼 쉬는 날이다

치부

너는 줄곧 피 묻은 빤쓰 얘기를 했다

다들 해바라기처럼 빤히 보고만 있었다고
보는 사람과 보여 주는 사람 사이의 거리가
얼마나 날카롭게 뼈마디를 쑤셔 대는지
네게서 반죽 치대는 소리가 났고
끝까지 바라보기만 하는 시선들을 따라
떼어 낸 수제비 모양 바닥을 굴렀다

한참 저녁들을 먹을 시간에
그러다 죽을 수도 있었겠지만
죽음보다 견딜 수 없었던 건
시뻘건 눈물 콧물이 김치 국물처럼 떨어져
결코 신음조차 내지 않았다
아이들은 깨진 반찬통 옆에서 울었고
TV는 깔깔대며 나뒹굴었다

취한 남편이 지쳐 주저앉을 때까지
살이 터져 피가 몽글몽글 솟아도
어디 하나 아픈 줄 몰랐다고

목장교회 삼거리 골목 어귀에서
터진 쓰레기봉투마냥 전봇대에 기대앉아
빤쓰에 묻은 피가 번질까 봐
조각난 옷자락만 여미고 있었다

너는 내내 겨우 익힌 한국말처럼 버둥거렸다

토한 자국

평소보다 말이 많았다
최소한의 친절이야말로
최대의 자기방어권이다
말이 곧 직업인 그녀

무엇을 도와 드릴까요
한 번도 만난 적 없는 애인 말씀이세요
우주왕복선 챌린저호 편도 티켓 가격이요
대통령을요 단두대라니……
지금 무슨 소리…… 말씀이신가요
날마다 비슷한 시각
갖은 협박과 한탄이 걸려 온다
그들은 알고 있다
절대 맞장구칠 수 없다는 걸

이 직업의 미학은 참는 거야
오랜만에 친구를 만나 수다를 떨었다
피곤할까 봐 술 대신 커피만 마셨는데
택시에서 내리자마자 그녀가 토했다
하루 종일 말만 했는데도

시큼한 음식물 사이로
무수한 문장 같은 게
거무스름하게 쏟아진다
바짓가랑이에 튄다

어제 생긴 라이터

그녀가 일어난다
저러다 전기장판에 눌어붙는 건 아닐까
여전히 블라우스 아래로는 이불 속이다
한 평이나 되는 가판대 안은
그녀 말고는 담배하고 온통 어둠뿐이다
선반에 담배 한 갑이 올라오고 돈을 센다
한두 번 하는 것도 아닐 텐데
손가락에 무슨 침을 그리 뱉는지
입가에 허연 백태가 낀다
불쑥 거스름돈 위에 라이터 하나 얹어 준다
셈이 뭘까
손을 빼지도 넣지도 못하고
라이터와 그녀만 번갈아 본다
어라, 다시 눕는다
언뜻 입술 사이로 입김 같은 게 새는 듯했으나
곧바로 어둠이 들어찬다
라이터는 집에 널렸는데
노인네 얄팍한 상술 따위 웃기지도 않은데
찌개를 비벼 먹다 만 밥그릇
숟가락에 말라붙은 밥알의 악착 때문이었을까

나는 부싯돌처럼 웃으며 몇 번씩 라이터를 켰다

우리 동네 담배 가게에는 할머니가 산다

라이터도 맘대로 준다

웅덩이

진흙탕을 밟았다
양말 속까지 젖었다
오늘 하루는 또 어떻게 버틸까 싶어
생각에 빠졌다가 빠져 버렸다
학원에서 아이들을 가르치다 보면
모멸감쯤 원장이 주는 전달 사항
새로 단 CCTV랑 얼른 친해져야지

휴지로 구두 앞 코를 닦던 그녀는
말끔하게 고여 있는 웅덩이에서
어색함을 감추며 대답하던 입술을 본다
닦는 건지 칠하는 건지
범벅이 된 휴지를 뭉개어 내려놓고
새로 뽑다가 뭉텅이로 빠져 버린 휴지가
웅덩이에 빠져 빠르게 흙탕물이 스민다

남편은 그만두라고 큰소리치지만
저도 다니던 회사를 그만둔 지 일 년
미안한지 불편한지 딴청만 부린다
애들 내복이 다 작아진 것 같다

속옷은 따로 바구니에 좀 담아
설거지거리 아무렇게나 쑤셔 박을래
집에 오래 있더니 잔소리가 늘었다

이러다 늦으면 잔소리는 일도 아니다
그녀는 구두와 휴지를 번갈아 보다가
정류장에 막 들어오는 버스를 향해 뛴다
더 세게 달리면 흙탕물이 빠질 것도 같다
점점 색깔이 변해 가는 휴지가 찜찜하지만
버스를 놓치면 학원을 또 옮겨야 할지 모른다

엄마가

엄마 요즘 왜 그래
엄마가 뭐 엄마가 이 정도면 됐지
엄마만 보면 답답해 죽겠어
엄마는 네가 제일 답답해
엄마 생각만 하면 한숨만 는다

엄마를 따라 시장에 가고
엄마끼리 손잡고 파마를 하고
엄마에게 속아서 시집을 간 건지
엄마 없이도 잘 살아 보겠다고 아등바등해도
날마다 엄마가 보고 싶다

엄마에게 아이를 맡기고
엄마를 벗으려고 시도하지만
눈이 침침한 엄마의 손길이
허리 아픈 엄마의 어부바가
걱정되고 슬퍼지고 끝내 화가 난다

엄마라고 말하면 눈물이 나
정말 엄마 같은 소리하고 있네

엄마라는 일 지겹지 않아
엄마는 너만 잘 살면 돼
단둘이 여행이라도 가고 싶은데

엄마라는 오래된 수형 생활
정말이지 죽어도 끝나지 않는다
관을 부여잡고 엄마 미안해
이제 편히 쉬어 목이 쉬도록 울고도
외롭고 힘들 때면 그렇게 엄마만 찾는다

엄마 무릎 베고 누워
귀 후비며 살냄새나 맡고 싶은데
엄마는 허리 수술을 받고 암에 걸리고
어느 날 아무도 알아보지 못한다
엄마~엄마~ 불러도 소용없다

세탁기를 돌렸더니 당신이 돌아왔네

갑자기 입을 맞추는 바람에
옥상에 떨어진 남의 집 속옷처럼 난감했지만
입술 속은 말랑말랑하고 조금씩 침이 고여
이미 오래전부터 흠모해 왔던 사람인 것처럼
당신의 깊은 추궁이 실린 포옹을 내버려 두었네

전혀 안부가 궁금하지 않았는데
부엌 창에 수평으로 밀려온 저물녘 햇살처럼
얼굴을 붉히며 당신은 돌아왔지
야속하겠지만 한 번도 사랑한 기억이 없어
세탁기에서 다 된 빨래를 꺼내듯
무심하게 당신 닮은 것들을 추려 보아도
쏟아져 버린 세제처럼 달려드는 당신

포옹의 크기만으로 시간의 간격을 짐작하기란
무거운 빨래를 견디다 부러져 버린 건조대 같아서
당신에게만 남은 사랑의 물기는 너무 축축해
타액을 나누며 이대로 뒤엉켜 버릴까
집게 빠진 이불처럼 멀찌감치 달아나 버릴까

세탁기를 돌려 놓고 깜박 또 잠이 들까 봐

당신이 덜 마른 채 달려와 내가 어느새 흠뻑 젖을까 봐

소녀시대 1

계단을 오르며 침을 뱉는다
운동화 밑창 앞코가 벌어졌다 AC
위아래 훑다가 눈 마주친 아저씨처럼
달은 뻔뻔하게 딴 데를 본다
언제 단둘이 만나기만 해
IC 졸라 개병신 C8 생기다 말았네
실컷 입 모양을 만들어 본다

소녀는 문자를 받고 두리번거린다
몸을 가리는 선글라스 같은 건 없나
7번 출구 앞 검정색 벤츠
비밀이 많은 인간일수록 검정색을 좋아해
유리창이 온통 까만 뱀 가죽 같다
문화상품권 다섯 장은 선결제로 받았다
눈치 없이 택시 한 대가 앞에 선다

이 동네는 밤만 되면 인간들 더럽게 많다
다행히 아는 얼굴은 하나도 없다
근데 혹시 누구라도 만나면 반가울 것 같다
하다못해 젖 만지고 토긴 교회 오빠라도 만나면 좋겠다

소녀는 차에 타지 않아도 될 핑계를 떠올려 본다
슬그머니 검정색 차 한 대가 멈춘다
최대한 웃으며 소녀는 문을 연다

소녀를 삼킨 채 벤츠가 떠난다

소녀시대 2

소녀는 버럭 소리를 지른다
동생은 쇼핑백을 바닥에 던진다
고속 터미널 지하상가 입구
열 살이 갓 넘었을 것 같은 자매가
할머니를 사이에 두고 짜증을 부린다
구경꾼들은 위아래로 훑어보다가
여전히, 바쁘게, 어딘가로 가고 있다
할머니가 비닐봉지와 함께 부스럭거리는 동안
쇼핑백을 팽개치듯 할머니 손에 쥐어 준 자매는
뒤도 돌아보지 않고 에스컬레이터에 오른다
부지런히 자매 뒤를 따라가던 할머니가
에스컬레이터 앞에서 머뭇거린다
그 뒤로 어색하게 긴 줄이 생긴다
할머니가 에스컬레이터에 발을 디딘다
뒤꿈치를 붙이지도 않았는데
에스컬레이터가 올라간다
할머니의 무게중심은 오르지 못한다
쇼핑백이 쏟아진다

소녀시대 3

소녀는 　　　　　　　　소리를 잡으려는 중이다 땡땡
땡땡 건널목 차단기가 내려간다 　　　　　　간밤엔
가슴 위로 　　　　　화물열차 지나가는 꿈을 꾸었다
저걸 타면 어디든 갈 수 있을 것만 같다 　　이 별엔
은하철도 　　　　　　　　우주정거장 따위는 없다
아버지는 밤늦도록 술만 마셨다 　　　　　　여기만
아니라면 　　　　　　　　어디라도 상관없다
텔레비전에 나오는 남자도 만날 수 있을 것이다　취하면
왜 그렇게 　　　　　　다친 짐승처럼 으르렁거릴까
십일월은 춥고 창고는 죽치기엔 　　　　너무 어둡다
방에는 　　　　　　　아직 집어던질 게 많다
남의 일에 끼어들다 마트 아줌마는 　　　죽을 뻔했다
점심때 　　라면만 먹어서 그런지 배 속이 부글거린다
말이 창고지 방이랑 　　　　　　　벽 하나 사이다
에이리언 같은 게 　　　　　　　코를 고는지
구석에서 길고양이 가르랑거리는 건지 　　　소녀는
웅크리고 소리를 잡으려다 　　　　　　놓쳤다

소녀시대 4

사철나무야 넌
그년이 그랬다

너는 거기 있어야 돼
찜통 같은 무더위에도
습관처럼 상냥하게 인사
가지는 단정하고 정중하게

꽃이 피든 지든 상관없어
고객님들 차는 몰려올 테니
태어날 때부터 그랬던 것처럼
푸르고 싱싱해야지

하루는 길지만 짜증은 짧아
가볍게 미소로 얼버무리면 돼
반말이나 욕이 들리면
그냥, 다른, 아무 생각이나 해

네가 누군지는 중요하지 않아
파릇파릇한 이파리가

거기 서서 웃어 주길 바라니까
늘 굽실거리길 바라니까

쇼핑몰 주차장 모퉁이에서
CCTV가 씨익 웃는다

소녀시대 5

저기 부탁이 있어요. 아이 씨, 그냥 좀 내버려 두시구요. 그냥 차비가 필요한 것뿐이라니까요. 헐. 훈계 따윈 그 목구멍에 다시 쑤셔 처넣으시고요. 때론 빈 병처럼, 어쩌다 꽁초처럼 처박혀 있을 때 비로소 산다는 기분이 드는 걸 알아? 요오? 시발, 제발! 좆까! 아이 씨, 그딴 눈빛 하지 마, 요! 지금 구걸하자는 게 아니잖아요. 좆라 빡치네. 하고픈 말 좆나 많은 것 같은데 대충 접어서 똥이나 지리고 닦으시든가. 아님 집에 가서 열라 딸이나 잡으시든가. 지갑 열고 지폐 몇 장 꺼내면 되는 거라니깐. 아 미친, 반말은…… 저도 하면서, 요오! 좆라 썩은 눈깔로 구석구석 살피진 말지. 눈 딱 감고 착한 일 한번 하는 거죠, 아이 씨. 열나? 당신 말고도 착한 인간 좆라 많거든요. 시간 없거든요. 아 대박 소름, 나이는 알아서 뭐하시게? 술이나 한잔 사 주실 거 아니면 모양 빠지게 그러지 좀 말구요. 안습. 딸 같아서 하는 얘기는 완전 개닥치시구요. 싫으면 가죠, 아님 꺼지시든가. 아이 씨, 몸에 손대진 말라니까. 열라 진짜 씨발, 차비만 주고 가던 길 가면 된다니까. 웃기시네. 네 자식 걱정이나 하시구요. 아이 씨… 좆라 싸고 있네.

제2부

성에

  눈은 그쳤을까. 겨울 새벽 어깨에 내린 잠을 턴다. 미명인지 아직 창 낯이 어둡다. 형광등을 켰더니 어디서 날아왔는지 유리창 가득 흰나비 떼가 앉았다. 누가 쪽창에다 밤새 텃밭을 일구어 놓았을까.

  씨를 뿌리다가 문득 이랑을 고르기 시작한 이의 마음이 저런 무늬였을 것이다. 사이사이 심어 둔 푸성귀처럼 수액을 퍼 올리고 살을 다지느라 힘을 다하여 뿌리를 뻗었을 걸 생각하니 내 몸이 싱싱해진다.

  날이 새는가 또 눈이 내린다. 수북하게 쌓여 숲을 만들 것이리라. 몇은 톡톡 창을 두드린다. 만졌더니 슬그머니 이것들이 손가락 끝에다 둥근 열매를 떨군다. 온몸이 전부 투명한 씨앗인.

숫돌

지그시 논두렁을 본다

낫을 꺼내 퍽 얇아진 날을 재더니
숫돌에 도랑물을 바른다
이로세로 쇳물 오르던 낫 머리
퐁 물질 한 번 한다

웃자란 잡풀들 쓰러진다
무더기무더기 잘 드는 삼중 면도날처럼
미끄러진 자리마다
풀내 가득한 징검다리 놓인다

아침저녁으로 꼴을 베던 손끝에
오십 년 된 풀물이 들었다
날이 무뎌질 때마다
아버지는 어디에다 자신을 갈았을까

무척 말수 적은 아버지
어느새 숫돌처럼 얇아졌다
요샌 슬슬 살을 비벼도 본다

비릿한 쇳내가 난다

저수지

막 동네 어귀를 들어서는데
물새 떼가 날아오른다
훌훌 투명한 살비듬을 날리는 갈대들
몇은 물가에 모여 씻을 준비를 하는지
시린 손을 호호 분다

바빴지 올해도
산꼭대기부터 모아 온 도랑물이며
발 씻은 물까지 받아 두느라
방죽은 아랫배에다 꽉 힘을 주고는
윗배미 아랫배미 할 것 없이
비린내 나는 제 새끼들을 흘려보냈으리
품에 없던 철새들마저 먹인다고
얼마나 잡풀을 일으켜 세웠을까

집 떠나 뿌리 뻗은 자식들
저마다 크고 작은 물오름으로
살집 좋은 열매가 되고 그 많은 씨앗들
배불러, 산란하고 부화하고
알음알음 방 한 칸도 얻었다가

아이도 가질 것이다

몇 밤이라도
어머니 곁에서 자야겠다
한 번이라도 먼저 눕는 일이 없는
축 처진 배를 만져 보니 불룩하다
주름주름 여태 뭘 채워 두고 계신 걸까

머리맡에 자리끼 한 대접 놓아둔다

젖내

갓난아기를 품에 안고
깊게 트림을 했다

달걀을 먹어서 그런지
입안에 닭똥 냄새가 가득하다

자궁을 찢으며 몸에 밴
어미의 피비린내 때문에

나는 아기에게 여러 번 뽀뽀했다

한 여자에 대한 사랑이
거기서부터 다시 시작된다

때깔

소 한 마리 싣고 집에 오던 날 처음 당신이 내 볼에 뽀뽀를 했다 풀풀 술내 풍겼지만 제법 때깔 좋아 보였다

장을 떠돌던 버릇이 돼 놔서 축시(丑時)만 넘기면 자명종처럼 깨 위장약을 짜 넣으며 새벽을 거닐던

벚꽃 지느라 북적이는 전통시장 사거리에서 우두커니 마주친 당신의 뒷덜미 거뭇한 저 삭막을 잘 쓰다듬어 주면 때깔 좋던 한 시절 또 꽃필 수 있으려나

어떻게 부를지 몰라 우물거리는 동안 하나이던 당신이 둘이 되더니 여덟으로 번졌다가 사방천지 흩날린다

하나같이 꽃구경하느라 두리번거리며 흐느적대며 걸음을 옮기고 있었지만 때깔이 그리 좋아 보이진 않았다

당신에게 들킬까 봐 다른 빛깔로 살겠다고 우겨 놓고 겨우 사과 한 봉지 사 들고 가는 내 때깔을 행여 당신이 들여다볼까 봐 보폭을 줄이며 당신을 따라간다

나무거울

감나무 밤나무 앵두나무 파리똥나무
벼락 맞아 밑동만 남은 대추나무
이미 오래전에 버리고 온 것들
오늘 밤 나무 하나가 나를 만졌다
이파리 없이 껍질도 없이
언제부터 벗겨져 있었는지 차갑고 촉촉하다

빗줄기가 굵어질수록 미안하다
열매가 무르익으면 따 먹었을 뿐인데
꿈속에는 색이 없어 무슨 나무인지 알 수가 없다
나는 나를 채우는 것에만 급급했다
공터에서 자치기하던 친구를 그렇게 떠났고
코피를 닦아 주던 첫사랑 누나를 그렇게 떠났다

가지를 꺾어 칼싸움을 하고
꽃이 피면 덩달아 들과 산으로 뛰던
나무가 나를 만드는 동안 나는
한 번도 나무를 어루만진 적이 없다
오줌과 토사물이나 받아 내면서
그럼에도 나무는 싹을 틔웠을 텐데

조심스레 나무 가슴께 손을 내밀어 본다

아무리 봐도 내게 나무의 얼굴은 비치지 않겠지만

이

1

밥을 비벼 먹다가 어금니 조각이 나왔다
미안해지는 일은 불쑥 찾아온다
깨진 자리에 혀끝을 넣어 본다

날카롭고 서운하고 시리다
사라진다는 게 이런 건지도 모르겠다
더 썩기 전에 사랑니를 빼야 한다

비뚤어진 사랑니 때문에
어금니는 조금씩 금이 갔을 것이다
빠진 자리가 잘 채워지지 않는다

깨진 조각을 버리지 못했다

2

오랜만에 그를 만난다
워낙 말이 없는 양반이라

우물우물 뭔 말을 만들려다 만다
주름이 더 깊어졌는데
거기서 빠져나간 것들은 어디로 갔나
인사치레로 건강이나 좀 묻는데
또 어물쩍 넘어간다
부자간 대화법은 늘 이런 식이다

이가 다 드러나도록 웃어 본 적도 없고
그나마 툭 터놓고 얘기해 본 적도 없다
뜯어진 창호문도 아니고 어째 발음이 샌다
아 좀 해 봐 아부지 거시기 아따 얼른
아버지는 꾸중 들을 아이마냥 겸연쩍 입을 벌린다
앞니가 다 없다
뭔가에 세게 부딪히거나
걷어차여 본 사람은 안다
저 자리가 얼마나 눈물 나는 자린지
악 소리도 안 나는 자린지

열세 살부터 장사를 시작했다
인근 우시장이 그의 직장이었다

팔 수 있는 짐승은 다 팔았다
돼지 뒷발차기에 네 개
야매 의사 교정기에 마저 두 개
연락도 없이 찾아온 통에
틀니도 못 끼우고 마주친 것이다

흰머리와 주름살만 세느라
입속은 들여다보지도 않았다
자식들 다 떠난 집에서
혼자 빼서 담가 논 틀니가
세면대 위 대접에 덩그러니 담겨 있다
나는 수돗물을 잠그지 못하고
연거푸 세수만 한다

이사

오늘은 이사하는 날입니다. 일찌감치 준비하는 아버지 덕분에 아침도 서둘러 먹었습니다. 어머니는 버리고 갈 식기까지 깨끗이 씻어 말립니다. 두승산 밑 외딴집 이모부가 보낸 연하장에 적힌 주소입니다.

이 집에서 오래 살았습니다. 당뇨로 몸이 반쪽이 되면서도 아버지는 자식들 모르게 터를 골랐습니다. 경사진 데다 자갈투성이 죄다 국유지로 둘러싸인 땅 괭이와 지렛대로 돌을 골랐습니다. 경사로 아래 외양간도 지었습니다.

어머니는 몇 년 전부터 재촉했습니다. 대장암 수술에 디스크 수술, 기르던 개에게 물려 팔뚝이 찢기기도 했습니다. 짐을 다 꾸려 놓고도 아버지는 외양간에 쭈그려 앉아 담배만 태웁니다. 여물통 위로 산새들 모여듭니다. 하나라도 더 싣기 위해 어머니는 쑤셔 넣을 자릴 찾아 헤매고.

고향 떠나기 참 좋은 날씨입니다. 개집 위에 아버지가 갈아 놓은 황새목 낫이 유난히 날 서 있습니다. 장독에 떨어진 풋감은 때깔도 좋습니다. 빈 개밥그릇 같은 낮달만 감나무 가지 끝에 걸려 있습니다.

계란형

당신 얼굴은 계란형이지만
자면서 무슨 골몰이 그리 많은지
미간 주위에 모서리가 잔뜩 모였다

짓눌리다 보면 일그러지기도 할 텐데
장난삼아 누른 뽁뽁이가 그냥 터져 있었을 뿐인데
별안간 가슴이 꽉 막혀 심호흡할 일이 많아지는가

몸이고 맘이고 점점 껍질이 얇아져

모로 누운 당신을 무심코 잡았을 때
푹 하고 껍질이 깨져 버릴까 봐
손가락 사이로 줄줄 흘러내릴까 봐
눈썹 가장자리를 살살 문질러 준다

냉장고에 계란이 몇 알 남았는지 물으면
그게 꼭 당신을 깨뜨린 개수 같아서

발원지

오래된 하수구 냄새였으므로

세면대 실리콘 사이에 낀 곰팡이 자국 위로
욕실 세제를 흠뻑 휴지에 적셔 놓았지만

타일 틈새를 따라 바닥 솔이 벌어질 때까지
분노의 솔질이 중지 첫마디 살점을 떼어 낼 때까지
수챗구멍으로 흘러드는 핏물에 헛웃음이 줄줄 새 나왔
으므로

오래된 집엔 틈과 금이 얼마나 많은가
가구들은 약속이나 한 것처럼 십 년씩 늙어 있나
날벌레들은 얼마나 쉽게 짓뭉개져 얼룩이 되나

언제 잃어버렸는지 모를 자괴 따위가
막힌 변기를 뚫다 떠오른 칫솔처럼
하수구에 버려진 것들에 대해 책임지지 않았으므로

창문을 열어 환기하고 테이프를 덧발라 틈을 메워도
끝내 나는 하수구 냄새의 오래된 발원지였으므로

글쓰기 좋은 시간

물이 끓는다

오로지 한 방향으로만 치솟는 저 치기
위험하지만 저걸 닮은 여자가 있었다

칙 칙칙… 치익 칙
문신처럼 불의 감촉을 몸에 새기는 물소리
숨 가쁘다

푸른 정맥과 붉은 뺨이 유일한 언어였던 여자

만지면 부르르 떨었고 소스라쳤고
그때마다 내 심장에도 수증기가 끓어올랐다
혼자였고 숨겼지만 늘 흐느꼈다

언어 밖으로 나가려고 발버둥 치고 몸부림도 쳤다

끓는 저 속으로 들어가야 할 것 같아서
다시는 헤어날 수 없을 것 같아서
나와도 이미 내가 아닐 것 같아서

몸은 정확하게 그걸 기억해 낸다
무심코 뜨거운 걸 잡을 때처럼

복숭아

비닐봉지가 터졌다
우르르 교문을 빠져나오는 여고생들처럼
여기저기 흩어진 복숭아
사내는 자전거를 세우고
떨어진 것들을 줍는다

길이가 다른 두 다리로
아까부터 사내는
비스듬히 페달을 밟고 있던 중이었다
허리를 굽혀 복숭아를 주울 때마다
울상이던 바지 주름이 잠깐 펴지기도 했다
퇴근길에 가게에 들러
털이 보송보송한 것들만 고르느라
봉지가 새는지도 몰랐던 모양이다

알알이 쏟아져 멍든 복숭아
뱉은 씨처럼 직장에서 팽개쳐질 때
그리하여 몇 달을 거리에서 보낼 때 만난
어딘가에 부딪혀 짓무른 얼굴들
사내는 아스팔트 위에다

그것들을 가지런히 모아 두고
한참을 두리번거렸다
얼마 만에 사 들고 가는 과일인데

흠집이 있으면 좀 어떤가
식구들은 둥그렇게 모여
뚝뚝 흐르는 단물까지 빨아 먹을 것이다
사내는 겨우 복숭아들을 싣고
페달을 힘껏 밟는다

자전거 바퀴가 탱탱하다

제3부

눈   물

오른쪽 눈물이 후드득
왼쪽 눈시울을 덮칠 때

주르륵 오른쪽 눈망울
왼쪽 눈물에 잠길 때

당신은 아직도 거기 있네
깊고 푸른 그 속에

풍림아파트 106동 407호

당신은 407호에 대해 잘 안다

방, 화장실, 거실 겸 방, 베란다
독신자 아파트 복도식 독립동
덜컹 현관문이 열리더니
할아버지와 손녀가 손을 잡고 나왔다
꼬부랑 할머니가 들어갔다

부부는 한 치의 양보도 하지 않았다
알아들을 수 있는 욕지거리가 난무했다
베란다에 이불이며 옷가지가 잔뜩 걸렸는데도
소리가 소리를 넘어 위층으로 올라온다
쿵이 쾅을 넘어 아래층으로 내려간다

복도에 모인 항아리와 화분들과 당신은
삼대가 함께 사는 가능성과 마주한다
당신은 애인 집에 얹혀살기도 하고
이혼한 엄마 남편과 밥을 먹기도 하고
작은방을 월세로 내놓기도 한다

독신자 아파트엔

아무도 혼자 살지 않는다

바로 그때

얼마나 외쳤을까
탑승하지 못한 취객들이
버려진 전단지처럼 몰려다녔다
창을 내리고 올리며 행선지를 고르는 택시
신호가 바뀌기 전에 정지선을 급하게 떠난다
씨발과 좆같네 사이로 침을 뱉는다
이 밤의 신호 체계는 약속이 아니다
그때
한 사내가 가방을 던지며 도로로 뛰어들었다
삿대질처럼 경적이 울렸다
반사적으로 들리던 손이
도로 중앙으로 빨려 드는 걸 견딜 수 없었던 것일까
치솟는 RPM이 지긋지긋했던 걸까
멈추지 못한 택시 한 대가 사내를 들어 올린다
그는 급발진된 것이다
메슥거리는 목구멍에다 손가락을 집어넣은 듯
부장은 어제처럼 비아냥거릴 게 분명하다
한심하다는 표정으로 아내는 방문을 닫을 거다
닳은 구두 밑창과 함께
사내는 짓이겨진 꽁초처럼 꺾여 있다

비린내 같은 게 코끝을 스친다
후드득 빗방울이 떨어진다
바로 그때

정읍사

—toy crane

저거
올라올 듯 말 듯
달님이여 높이높이 돋으시어
무심코 지나가는 당신에겐
한심하고 미련하고 시간 낭비 같지만
그의 미간은 오롯하다
멀리멀리 비춰 주시오
접힌 지폐를 단번에 펴는
초현실적 손놀림
어긔야 어강됴리
아으 다롱디리

또 넣는다
아가리를 벌리고
삼발이 크레인이 내려간다
무게중심 걸렸다
저자에 가 계신가요
편의점 앞 인형 뽑기를 점거한 사내
진 데 디딜까 두려워라
처음 인형을 받은 딸아이

그 환한 웃음에다
인생 나머지를 걸 것 같았는데
덜컹
어긔야 어강됴리
아으 다롱디리

서류 가방이 흔들린다
어느 곳에나 놓으시오
주머니를 또 뒤진다
임 가는 데 저물까 두려워라
집에 갈 엄두가 없다
어긔야 어강됴리
아으 다롱디리

겨울 골목 빵집 앞

건물 주인은 세를 올리는 대신 딸 핑계를 댔다
봄이면 골목을 서성이던 빵 냄새도 떠나야 한다

막 속살 오른 빵이 뾰로통한 아이 볼 같다
누군가는 봉지처럼 버려지고 누군가는 밟는다

바람이 냄새를 반죽하는 동안 봉지가 굴러간다
무겁게 가방을 맨 아이들이 골목으로 달린다

한 줌씩 떼어 낸 걱정이 부풀어 오른다
배고픔의 모양들 종류별로 진열돼 있다

어둠이 도시를 숙성시키는 동안 공사는 계속된다
갓 구운 빵 둥근 모서리만 아이처럼 들썩거린다

사거리에 또 프랜차이즈 빵집이 들어섰다
반죽을 빚던 사내가 모자를 한참 고쳐 쓴다

고래밥

커다란 돛을 펴고 물살을 가르며 몇 개의 작살을 꽂고 떠돌고 싶었다 솟구쳐 봐도 직장을 구할 수 없었다

무턱대고 고래밥만 먹고 있는 너

알음알음 일용직을 기웃거리고 파트타임 알바에 오토바이 배달까지 이자는 이자를 낳으며 몸집을 불렸다

요즘엔 맵고 짠 음식에만 손이 가

숨만 쉬고 살아도 통장에선 돈이 빠져나가 아이들은 자랄 테고 학원에 다니고 끝나면 또 학원으로 가겠지만

너는 고래를 잡으러 로또 방에 간다

부스러기처럼 묻어나는 기대감 때문에 날마다 막막함을 조합해 여섯 개를 만든다

고래는 왜 그 커다란 몸집을 이렇게 작은 물고기들로만 채우는 걸까

드림고시원 301

허리가 또 쑤신다
꿉꿉한 냄새가 맴도는 것 같아
겨드랑이 쪽에 코를 대본다
달팽이처럼 통증을 말아
온몸을 감쌀 수 있다면
하지만 하루란 건
가슴을 얼마나 펴느냐에 달렸다

쭈그려 신발을 신는 동안
305호쯤에서 알람이 울린다
뒤꿈치를 추키며 복도를 나왔는데
알람 하나가 더 울린다
일주일만 쉬겠다고 사장에게 말을 꺼내려다
해진 소매 끝처럼 웃기만 했다
새로 누굴 구하는 건 일도 아니다

석 달씩이나 월급이 밀려도
사장은 항상 웃는 얼굴이다
좋은 게 좋은 거 아닙니까
웃음을 당해 낼 재간이 없다

사장은 뜬금없이
국가 대표 축구 경기 얘기다
법적인 방법이 없는 건 아니지만

사내는 세차장에서 그래도
사장이 가장 신뢰하는 구역 책임자다
통증을 이겨 내는 유일한 비결이다
지하철은 비좁아 자꾸만 허리가 뒤틀리는데
두고 온 전화기가 갑자기 떠오른다
욕이 치밀고 부재중 독촉에 시달려도
아직은 고용 중이니까

아침이 올 때까지

대학 나와 봐야 별 차이 읎으야
얼매나 견디느냐가 문제지
시베리아서 길을 잃거나 태평양을 떠댕겨도
죽고 사는 문제는 여그 아니면 저그니께

좆 빠지게 돈만 쫓아댕긴 것도 아닌디
샤워 허다 심장마비로 훅 가더라도
살붙이 하나 책임질 일 읎으믄
탈탈 털고 떠날 만도 허지 안 그냐

뼈마디는 저린데 지켜보는 이도 없이
전생에 무신 죄를 지었는가 싶다가도
인생 뭐 벨거 있냐
한몫 크게 잡아서 튈 거 아닌 다음에

가방끈 길어 봐야 젠장
분수대로 사는 것도 힘들어 죽겠다
아무도 안 지켜 준다 어차피 혼자여
이번 생은 이게 단가 안 돼요 안 돼

74

편의점 사장은 퇴근도 안 하고
뉴스 채널을 이리저리 돌리면서
계산대 안쪽에 숨겨 둔 소주를 마신다
잔소리는 밑도 끝도 없이 메들리가 되어 가고

도무지 아침이 올 것 같지가 않다

뭔가 해명해야 할 것 같은 4번 출구

공중전화
코트를 입은 외국인
수화기를 내려놓는다
동남아시아 어디쯤
짧은 한숨 끝에 동전을 꺼낸다
사내는 좌우를 살피더니 급하게 걷는다
툭 종이 가방이 떨어진다
걸음을 무르고 재빨리 줍는다
출발 신호를 기다리는 단거리 주자처럼
몸이 심하게 앞으로 쏠린다
힐끔 뒤를 본다 걸음이 빨라진다
계단을 두 칸씩 밟고 오를 때
무심코 눈이 마주쳤을 뿐인데
지하철 4번 출구를 나가는 중이었다
사내는 뭔가에 쫓기는 듯
계단이 끝나자마자 뛰기 시작한다
붙잡고 싶었고 물어보고 싶었다
나도 모르게 당신을 쫓고 있는 기분
노동자로 보이는 외국인 한 무리가 내려온다
알아들을 수 없는 자음과 모음들이 부딪친다

이미 늦었다

엄습

온몸이 눅눅하다
눈가의 주름살을 따라
여행하는 발뒤꿈치에서
물비린내가 난다

비만 들이치지 않으면
둥글게 몸을 말고
잠을 모으기 위해
번데기처럼 오므리는 노숙인들

하수구에 물이 넘친다
그 많은 아문 자국들
퉁퉁 불어 터진 죽음의 근접들
떠다닌다 주룩 흘러내린다

뼛속까지 차오른 환멸을
몸 밖으로 밀어내
껍질을 만들고 딱딱해지면
날개 비슷한 게 돋아날까

조만간 나는
가지 끝에 매달려 있을지 모르겠다
눈물이 몰라보게 싱싱해진다
연명하기 좋은 계절이다

터질

코끝이 바쁘다   고장 난   에어컨 바람
내렸다 타기를   반복하는 지하철
쉴 새 없이   밀어붙이는   살결들
냄새의 진앙을 찾아   의심하는 눈초리들
사이로   숨에 밸까 봐   꺼려지는
냄새 한 덩어리   파고든다
짐작만으로도   코를   멋게 하는
바탕색을   알 수 없는   겨울 잠바
다리를 절며   보따리를 끌며
복음전파자처럼   막무가내   온다
틈을 찾아   어떻게든
뒷걸음질 치며   통로를   만드는 승객들
냄새로 터널을 만들며   겨울 잠바 조금씩 움직인다
문이
열리자마자
터지듯 빠져나가는

탈주자들

노랑노랑노랑

은행잎 수북수북 쌓인 성당 옆 놀이터 까르르
술래가 되어 뛰는 아이 그네를 돌리는 아이들
그런데 왜 당신은 중절모 어색하게 쓴 당신은
비닐봉지 조심조심 열어 단풍잎마저 날리는데
모형 자동차는 엉키고 구르고 자전거는 쓰러져
무릎 새빨개진 아이 울음 참는 옆 벤치에 기대앉아
당신은 왜 주변 눈치나 보면서 슬며시 장수막걸리
한 병을 꺼내 한 개뿐인 종이컵에 채울까 버걱버걱
오늘 따라 안 까지는 삶은 달걀 이리저리 돌려 가며
막걸리 한 모금 죽 들이키고 은박지 소금 펼치는데
애꿎은 돌풍 하나 느닷없이 달려들어 노랑노랑노랑
은행잎 사정없이 흩날리고 흙먼지에 봉지에 비명이 꺅
중절모가 벗겨지고 은박지가 날고 종이컵이 구르고
장수막걸리 바닥에서 뒹굴뒹굴 속을 게워 내는데도
달걀 손에 꽉 그러쥐고 눈 꼭 감는 당신은 왜 하필
전 재산 탕진하고 자리 못 뜨는 도박판 개평처럼
생이 남김없이 빠져나간 30년 뒤 내 표정을 한 채
이번이 마지막 계절일 것 같은 등으로 구부정한가

그림자

떠나는 자들은 두리번거린다
담에 기대 볕을 두르고 앉은 노인들

그림자 위에 그림자가 생기고
역전에는 뜨내기들처럼 생각이 모인다

너는 몸을 꽉 뭉친다
시간이 흘러도 오고가지 않을 모양이다

사람들은 무심코
바라본다 지나친다

깃을 턴다 난다 뛴다 떤다
비둘기들은 근처를 떠나지 않는다

저만치 가고 있기도 하지만
먹다 만 술병을 들고 다시 모여든다

시간은 닳은 자리가 달라서
아물지 못한 눈, 코, 입 진물 자국

외투 위에 외투를 껴입고
언젠가 나도 거기 앉아 있을 것이다

햇살에 방목했던 자신을 몰고 노인들
어둑어둑 그림자 속으로 들어가는데

신호 대기 중 할증택시

용서가 문제가 아니잖습니까
초면에 실롄지 모르겠지만
마냥 시절만 탓할 순 없잖아요
그놈들도 자식이 있을 텐데
못 볼꼴 보이고 싶지 않을 텐데

밤마다 끙끙 앓아 가면서
한 계단 오를 때마다 북받치는 걸
세월을 달랜다고 하지는 말아야지
옥상 난간 앞에 섰을 때 같이
무슨 생각했을지 짐작이 가나요

창을 모조리 열어도 숨이 막히는데
운전하다 문득 핸들이라도 꺾고 싶을 텐데
시간이 필요할 거란 말 쉽죠
때때로 등산이나 낚시나 다니면서
미친 듯이 뭔가에 매달려도 보면서
용서한다고 그게 된답니까

정말이지 아무리 노력을 해 봐도

뭣 때문인지 누구 잘못인지
아무도 생각해 주지 않으면
용서가 문제가 아니죠 안 그렇습니까
했던 얘기 또 하는 것 같지만
두 번 다시란 말 하지도 말자고요

이런 일 있을 때마다
매번 가슴 아프다는 소리 그만해야지
누구라도 떠들어야 되는 거잖아요
세상이 하도 무서워서
먹고살기 바쁘고 팍팍해서
내 아이만 아니면 되는 건가

말이 많았다면 사과는 하지요
근데 얼마나 나가고 싶었으면
얼마나 숨 쉬는 게 간절했으면
입 닫고 장례식장에 앉아 있지만 말고
생각이 있기는 한 걸까요 그 쌍
용서가 문제가 아니잖아요

이게 왜 이런지 시작이 뭔지
터놓고 얘기를 해야 되는 거 아녜요
지금 형량이나 늘리자는 게 아니잖습니까
어차피 산 사람은 사는 거라니 네미
애들은 친구나 만나러 학교에 갈 텐데
애들은 친구도 없이 학교에 갈 텐데요

용서가 문젠가요 안 그렇습니까

不在

당장 현관문을 열고 들어와 가방을 힘껏 벗어던질까 봐
땀 냄새 나는 양말을 뒤집어 아무렇게나 걸쳐 놓을까 봐
냉장고 문을 열어 둔 채 벌컥벌컥 찬물을 들이마실까 봐
저녁 먹자마자 휙 게임하느라 마우스를 똑딱거릴까 봐
컴퓨터 자판 사이까지 닦아 내는 깨끗이 빤 손걸레처럼
목덜미만 봐도 어찌나 닮았는지 올라가는 입꼬리처럼
아들이 그리워서 아들의 옷을 입고 다니는 아버지처럼
잃어버릴까 봐 잊어버릴까 봐 매일매일 맴도는 오늘처럼

제4부

바통을 놓친 이어달리기 선수 1

시간이라는 게 모양이 제각각이어서
우리는 한참 동안 멀리 있었다
제 무게를 견디지 못한 담뱃재가
탁자에 떨어졌다
글쎄 몇 번의 이별이 저런 모양이었던가
부스러기가 날렸다

고생이 뭔지도 모르고 살아온 거야 자네
적어도 말귀를 알아듣는 줄 알았는데
눈 속으로 연기가 들어갔는지
담배 목을 심하게 꺾어 눌렀다
무슨 말씀이십니까
대충 테이프로 붙여 놓은 깨진 강화유리처럼
나의 말끝은 날카로웠다
그러니까 아직 젊을 때
미친 듯이 욕심을 부려야 한다는 건지
그때서야 나는 딱딱한 의자를 밀었다
드르륵 바닥을 긁는 소리에
그는 입 모양을 만들려다 만다
내 머릿속은 한참

공사 중인 사거리에서 멈췄다

눈살을 찌푸렸다
차가 많이 막히는 모양입니다
그는 다시 담배에 불을 붙였다
학교가 파했는지 골목 여기저기서
신발 가방을 든 아이들이 깔깔대며 튀어나온다
대체 무슨 꿍꿍일까
좀처럼 다물어지지 않는 입술처럼
갑자기 우리의 간격이 우스웠다
가시죠 그만

바통을 놓친 이어달리기 선수 2

어떨까요
이런 식으로 바꾸면
그 부분은
그의 미간이 대폭 줄어든다
마침 벚꽃이 휘날리고
창 너머 이파리들도 왁자지껄하다
뭔가 새로운 게
지금 무슨 소릴 하는 건가
그의 말투는 정중하지만
입속은 굉장히 빳빳해 보인다
그게 아니라
지금보다는
나을 것 같아서
뭐가 말이지
누구나 할 수 있는 표현은
누구나?
할 수 있다?
그는 고개를 예각으로 꺾고
눈을 잠시 감았다 뜬다
입술 사이에서 새 나오는 바람에서

심각한 냄새가 날 것 같다
날씨가 참 좋아요
내 한마디만 하지
자네 말이야

바통을 놓친 이어달리기 선수 3

고맙고
미안하다
그날 그 말의 무게는 얼마였을까
그 말의 의도는 무슨 색이었을까
그 말의 냄새는 얼마나 역했을까

눈동자가 흔들리는 걸 눈치 챘더라면
거기서 바로 그만두었을 법도 한데
입이란 거 어떤 때는
적재 초과된 덤프트럭 같아

알아, 그 눈빛
누군가를 칭찬하는 게
누군가에게는 상대적 박탈감만 안기는 일
특히 같은 업종에서 경쟁하는 동료라면
준 거 없이 미워지게 되고
카드 연체료처럼 오해만 불어난다는 것쯤
알 만한 나이였을 텐데

그게

그러니까
고맙고 미안하고 다 씨발이다
너는 심지어 요즘 잘나간다고
이것도 일이라고 한 거예요
디자인이 좀 후지지 않았어요
개나 소나 다 팀장에 실장이래
차라리 욕을 해 이 씨발아

사람들 다 있는 데서
갖은 교양 다 있는 척
존댓말 사이에 꼬챙이 찔러 넣지 말고
주둥이에 스테이플러를
3초 간격으로 한 개씩 박아 버릴까

박 실장은 마법사처럼
주문을 외며 커피를 탄다

바통을 놓친 이어달리기 선수 4

어색한 인사를 나누거나
너를 똑바로 볼 수 있을까
똑바로 눈을 보고 말해란 말
너희들이 뱉은 예의라는 거잖아

별거 아닌 걸 갖고 사람 모질게 구네

살다 보면 더한 일이 얼마나 많은데
같이 먹고살자고 좋은 게 좋은 거잖아
너는 번지르르한 말동무들 사이에서
추억이나 씹으며 농담이나 던지고 있겠지

없는 것들은 꼭 티를 내더라 저렇게

아예 안 보고 살면 될 것 같은데
사람 노릇 하러 간 자리마다 널 만나
처음 너를 만난 곳은 학교였지
쉽게 사람을 고립시키는 방법이 모이는 곳

우리 다른 데로 가자 쟤랑 놀지 마

반나절씩 얻어터지며 다진 맷집도 소용없었지
네 얼굴을 기억하기 위해 고개를 들면
이거 재밌는데 모두 같은 표정으로 웃고 있어
언젠가 확신이 들어 멱살을 잡고 후려쳐 버렸지

저것도 자존심이라며 주먹 쥔 거 봐라

거기 선생이 서 있거나 친구 부모가 서 있거나
군대 고참이 서 있거나 사장이 서 있네
넌 잘못한 적 없지 재밌자고 한 거니까
어떻게 좋은 학교에 가고 버젓한 직장을 다니며

걱정하지 마 전화 한 통이면 다 돼

불공평이란 돈 없고 힘없는 자들의 명함이지
어색한 인사나 쓴웃음은 네 담당이 아니니까
아이들이 다른 동네 애들과 어울릴까 봐
아파트 단지에 학교 후문에 번호키를 달면 되니까

비밀번호가 틀렸습니다
너를 만날 수 있을까

나비

떠나고 싶은데 사람들은 날 조용히 부른다

슬그머니 그림자 안쪽에서 반짝이는 눈빛
어슬렁 뒤따라오는 불규칙한 발자국
느닷없이 골목을 꽉 채우는 숨소리
후다닥 계단 아래 몸을 숨기는 뒷모습
빠직 숨을 죽이며 깨지는 유리병
밤새 장난감처럼 해부학실의 개구리처럼
가죽이 벗겨지거나 분해되는 수도 있다

배시시 사람들 사이에서 수줍어하거나
멈칫 가벼운 접촉에도 온몸에 힘을 주지만
요새 부쩍 살 빠진 것 같다는 소리도 듣는다
옥상에서 알 수 없는 체조 같은 걸 하고
남의 집 앞에 쪼그려 앉아 침 뱉고 담배 펴도
옆집에 사는지 길 건너인지 분간할 수 없다
불쑥 마주쳐도 얼굴을 알아볼 수가 없다

눈감고 누우면 어디선가 들려오는 외마디
둔탁한 것에 부딪힌 건지 둔탁한 게 부딪친 건지

소리의 주인은 혼자인지 혼자가 아닌지
무엇보다 분하고 치가 떨리는 건
병들고 버려져 굴러들어 온 유기견처럼
눈치나 보다가 지하 창고에 갇혀 굶어 죽거나
쥐도 새도 모르게 거리에서 사라지는 일
조심조심 사람 손이 닿지 않는 곳으로 이동한다

난 길고양이고 사람들은 날 나비라 부른다

불편하면 여기서 나가도 좋다

새벽 세 시 텅 빈 고속도로를 달리다
마주친 짐승의 동공 위를 달렸다

그것은 면도날을 닮은 것 같기도 하고
고층에서 떨어지는 유리판 같을 때도 있다

정확하게 어떤 날카로운 단면이
뒤통수를 지나 눈으로 빠져나간다

막 도축된 짐승의 마블링처럼
쇠비린내 같은 게 몰려온다

심해진 탈모 증세만큼
사람들이 빠져나간다는 느낌

느닷없이 어떤 단면이 나를 지나
멀리 앞쪽으로 사라진다고 해서

제동을 시작한 열차의 촉감을 직감할 필요는 없다
승강장과 열차 사이의 간격이 멀다면

발목을 넣어 보다가 머리통을 슬쩍 들이밀지 모를 일
누군가 지금도 세상을 빠져나가고 있을 테지만

아무것도 아닌 데칼코마니

　그날, 신체검사 검사관이 나눠 준 데칼코마니를 보고 〈아무것도 아니다〉란 답을 내밀었다. 검사관은 몸을 실어 의자를 최대한 뒤로 젖히고 다리를 꼰다. 다리 사이에서 의자 뒤로 보호색을 띤 촉수 같은 게 반짝이는 듯 했으나 정체를 드러내진 않았다. 손에는 [정신이상] 양각된 도장이 들려 있었다. 녀석은 그때 검사관의 발가락 양말 끝에서 건들거리며 눈을 치켜뜬 슬리퍼를 보고 웃었다. 하필 웃음이 코로 나왔다. 레이저 조준기 불빛 같은 게 코끝에 앉았는지 간지러웠다. 안경 너머로 위아래를 여러 번 훑던 검사관의 눈알은 도장에 붉은 인주를 묻히며 다시 물었다. 열 개의 답들 가운데 사람이나 동물, 혹은 꽃과 나비의 모양을 닮은 답을 찍거나 그렇지 않으면 [정신이상] 도장을 네 이마빡에 새겨 버리겠다는 듯 눈이 도끼날처럼 들어 올려지고 도장에는 전자기파 같은 게 모이기 시작했다. 그런 문제가 모두 열 개. 녀석은 그중 네 문제에 〈아무것도 아니다〉에 동그라미를 쳤다. 검사관은 마지막으로 호치키스를 눈동자 위에 찍을 듯이 들어 보이며 "이게 뭐로 보이냐?"고 물었고 녀석은 늘어난 러닝셔츠처럼 웃으며 "호치키스요"라고 답했다. 다시 검사관은 그림을 지휘봉 안테나로 짚어 가며 "이게 뭐로 보이냐?"고 묻자 곧바로 녀석은 "아무것도 아닌데요"라고 답했다. 검사관은 [정신이상] 도장을 움켜쥐었다. 머리 위로 미확인비행물체 같은 어둠 한 구역이 생겨 대낮인데도 비상용 손전등 스위치를 눌러야만 할 것 같았다. 아무리 봐도 그 무엇도 닮지 않은 그림은 그냥 그림이었지만.

놀이터

아이들이 논다
아이들이 낄낄

놀이터에 모인다
오토바이를 타고 아이들이 모인다
담뱃불을 붙여 주며 아이들이 모인다
붙잡고 빙글빙글 돌며 아이들이 모인다
휴대전화를 빠르게 누르며 아이들이 모인다
끽, 캭, 쫙~ 괴성을 지르며 아이들이 모인다
장난 같지 않은 주먹질을 해 대며 아이들이 모인다
그네를 타며 욕을 한다 미끄럼을 타며 욕을 한다 시소에
앉아 욕을 한다 평행봉에 매달려 욕을 한다 벤치에 누워
욕을 한다 라이터를 켜다가 욕을 한다 맥주 캔을 구기며
욕을 한다 욕을 하다가 욕지기가 나 욕을 한다 담뱃불을
튕기며 욕을 한다 박카스 병을 깨며 욕을 한다 서로 껴안
으며 욕을 한다 만나면서 욕을 한다 헤어지면서 욕을 한다
아이 하나가 시동을 켠다 캬학
아이 둘이 시동을 켠다 노래를 부른다
아이 셋이 시동을 켠다 슬리퍼를 찍찍 끈다
아이 넷이 시동을 켠다 피자 배달통이 덜덜거린다

아이 다섯이 시동을 켠다 지그재그로 막 떠난다

아이 여섯이 시동을 켠다 철가방에서 그릇이 떨어진다

아이 일곱이 시동을 켠다 뒤에 앉은 여자애가 침을 멀리 뱉는다

아이 여덟이 시동을 켠다 급하게 달리다 만다 달리다 만다

아이 아홉이 시동을 켠다 아이들이 올라탄다 넘어진다

아이 열이 시동을 켠다 앞바퀴를 나무에 대고 액셀을 당긴다

아이 열하나가 시동을 켠다 마르지 않는 기침을 한다

아이 열둘이 시동을 켠다 밤이 오길 기다린다

아이들은 놀이터에 있다

Traffic cone

눈이 흐려. 다가오는 어둠이 어둠으로 안 보이고 네 복 젖으로 보여. 도로 공사용 안전 고깔을 뽑아 들고 악을 쓰며 달려드는데 도무지 초점이 맞질 않아. 새해 첫날 밤 특별히 계획 같은 거 세우지 않기로 다짐하고 집 옆 담벼락과 담배 한 대 나눠 피우는데 어디선가 웃음인지 울음인지 숨넘어가는 소리가 들려. 눈 마주친 가로등 불빛 때문일까 검은 덩어리 같은 게 이마에 피를 흘리며 옆집 삼성주택 출입문에서 빠져나오고 있었지. 죽여~ 소리치며 좀비처럼 달려드는 너를 피하며 쇠막대기를 머리통 한가운데 박아 넣었으면 침침하던 눈이 조금이나마 밝아졌을까. 영화를 너무 봤나. 내 발은 이미 겅중겅중 달아나고 있었지. 따라잡을 수 없는 거리에 이르자 너는 어둠과 같은 색이 된 걸 직감한 듯 웃통을 벗고 다시 윤곽이 불분명한 소리를 지르며 골목으로 달려갔지. 신고할까. 괜한 일에 끼어들었다가 불쾌와 불편을 껴안고 집까지 노출될 것 같아 담배 한 대가 더 타들어 갔지. 요샌 조금만 멀리 있으면 글자인지 그림인지 분간이 잘 안 돼. 거기에 어둠까지 곁들이면 본능적으로 외면하는 기술이 생겨났어. 이대로 피하는 기술이 늘다 보면 죽음마저 빗겨 갈 수 있을까. 멀리서 구급차, 경찰차 사이렌 소리 섞여 들려. 알리바이 같은 거

만들지 않으려고 널브러진 고깔을 넘어 집으로 가는 계단을 한걸음에 올랐어. 너는 경찰과 어머니에게 둘러싸여 피를 닦으며 구급차에 오르고 나는 새해 첫날의 창문을 닫는다. 안전 고깔을 어둠 속에 그대로 두고 온 게 두고두고 마음에 걸리지만.

이런 식으로 서성이는 게 아니었다

11월 저녁 버스 정류장 앞이었다
겨울이 도착하는 소리를 다급하게 들었다

사람들은 버스가 멈추는 지점을 향해 달렸고
몇 개의 얼굴들이 확대되었다가 사라졌다

부모와 자식은 간단명료하게 이별 연습을 하고
남편과 아내는 무관심을 들키지 않으려고 애쓴다

사라지지 않으려고 별의별 짓을 다했다
어머니는 수술한 사실을 감추려고 전화기를 꺼 놓았다

아버지는 원래 아픈데다 원체 말이 없다
이 계절을 극복할 수 있는 유일한 힘은 돈이다

다가올 인생이 끊임없이 12월만 반복될 것 같아서
두툼하고 견고한 외투를 입은 자들만 훔쳐보았다

사람들은 어깨에 맨 근심을 붙잡고 버스에 올랐다
어떤 추측도 인과관계도 분명하지 않았다

사람들 사이에 섞여 있음에도 불구하고
누군가 날 조심스레 지워 버린 게 분명했다

고백이 필요해

인자 한번 해 볼랍니다. 받아나 줄랑가 모르겠지만서도 진즉 사별허고 혼자인 거 안 이상 머뭇거려 봐야 더 뭣허겄소. 엘리베이터에 복도에 계단까정 말끔허게도 청소다 끝내 놓고 하필이면 장애인용 화장실 난간에 기대 앉아 두런두런 뭔 재미로 그리 소곤대는지. 소리 죽여 감서 웃을 때 입가에 보조갠가 그거요 그게 거시기 맘을 들었다가 났다가 막, 나 참. 어디 궁둥이 붙이고 차 한잔 마실 자리가 없어 하나는 변기에 또 하나는 난간 손잡이에 앉아 사이좋게 나눠 마시는 봉지 커피 한잔, 어찌나 달착지근하게도 넘어가는지. 피차 계약서 한 장 달랑 쓰고 청소 용역루다가 일하고 있지만서도 병원 대리석 바닥 같은 가심서 뭣이 막 솟아나는 것 같단 말이오. 일단 용서를 먼저 구하는 것이 사람 된 도리인 줄 아오만 요새 몰래몰래 당신 훔쳐보는 재미가 이거 뭐 일이 손에 착착 붙는다고 해야 하나, 애가 타 잇속이 싹 다 금 갔다고 해야 하나. 처음엔 다 늙어 무신 놈의 주책이냐고 저어도 보고 한잔 묵고 다스려도 봤는디 사람 일이란 게 거 모르더만요. 지운다고 지워도 안 지워지는 뭐 그런 거 있잖아요. 우덜 같은 계약직. 요샌 뭐 계약직 말고는 당최 일자리가 없는 모양이등만. 어쨌든 간에 명년을 기약할 수 없기에 덥석 계단

난간 닦는 손이라도 잡고 싶지마는, 보는 눈도 있고 괜시리 나 땜에 흠 잡힐까 봐 성급한 맘 이렇게 글자 몇 줄로 대신 허요. 긍게 거시기 쉬는 시간에, 그게 뭐 대중없지만서도 장애인용 화장실 난간에 앉은 당신 훔쳐보는 거 징그럽게 답답허고 가심 떨리니께 성에 찰랑가 모르겠지마는 우리 어떻게 한번 만나나 봅시다. 예?

노인들을 위한 나라는 없다

엘리베이터 문이 열리자
투덜대며 노인들이 몰려나온다

휴지에 라면에 건강 팔찌까지
천수관음보살처럼 손이 좀 많았더라면
담배만 축내던 영감탱이라도 따라왔더라면
마누라쟁이 같이 왔으면 야무질 텐데
근데 이 노인네들은 다 어서 기어 나온 거여
아이고 죽겄어 갈수록 시간이 모자라
한때 나도 놀았다면 논 몸이지마는
자식들한테 부담 주지 않으려면
스스로 알아서들 건강을 챙겨야지
피가 맑아지고 관절염에 당뇨에 혈압까지
무슨 박산가 의산가 테레비로 영상통화도 바로 해
〈신이 내린 선물〉 3개월 잡솼더니
어떤 양반은 풍 맞은 왼쪽이 다 풀렸다대
원래 66만 원 하던 거 33만 원이면 거저지 뭐
세 개 사면 옥장판도 무료로 준다는데
돈 있는 영감들은 콧방귀도 안 뀌고 사더라고
갈 데도 없고 자식들 바쁘잖어

공짜로 공연도 보여 주고 선물에 관광에
이렇게 살갑게 놀아 주는 데가 또 어딨어

정원 초과 벨이 울릴 때까지
노인들이 조급하게 밀어 대며 밀려들어 간다

줄 뒤로 또 긴 줄이 생긴다

구연동화 워터월드

눈물이 쉬지 않고 차올라서 숨이 막힐 것 같아

어느 날 윤수는 바다가 보이는 다리까지 뛰어갔다가

뛰어내렸어요 생각보다 흐리고 차가웠지만 느리고 가벼웠지만

더 이상 숨을 참을 수 없을 때 작은 동굴 같은 데서 파란 빛이 흘러나왔죠

잠수는 배운 적이 없는데 윤수는 팔다리를 마구 저어 빛을 향해 나아갔어요

웬일인지 눈앞에 온통 파랗게 익은 사과가 주렁주렁 달린 과수원이 펼쳐졌답니다

3학년 윤수는 어린이 구급 대원이었어요

누군가 갑자기 쓰러지면 어떻게 대처하는지 잘 알고 있었죠

친구 진호가 다쳤을 때도 의연하게 응급처치를 했어요 진호는 부드러운 윤수가 부러웠고 생일에 초대하고 싶어졌죠

교장 선생님도 윤수를 예뻐했어요 볼을 꼬집고 머리를 쓰다듬고 살을 만지고 또 만지고 만지다가 바지 속에 손을 넣을 때 가장 예뻤죠

윤수는 부끄럽고 싫었지만 아무도 모르게 상을 주는 거라며 교장 선생님은 학용품도 주었어요 비밀이 알려지면 부모님을

학교에 불러 구급 대원 자격까지 빼앗겠다고 했죠

갑자기 배가 고픈 것 같아

심지어 반짝이기까지 하는 파란 사과를 따서 한입 베
어 물었어요

등골이 오싹해서 뒤를 돌아봤더니 기다란 작살을 맨 커
다란 아저씨가 수염을 만지며 내려다보고 있었죠

아저씨는 머리가 작고 턱은 아귀처럼 넓어 무서웠지만
몸은 유선형이라 귀여웠어요

이제 여기서 살아야 한다 아저씨 사과를 먹어 버렸으니

아저씨도 아저씨지만 평생 사과만 먹고 살아야 할까 봐

윤수는 다시 빛이 어른거리는 수면 위를 향해 솟구쳤
어요

다행히 아빠 엄마 사이에서 깨어난 윤수는 아직도 숨
이 잘 쉬어지지 않아 귀 뒤를 만졌더니 아가미 같은 게 만
져졌어요

눈물이 또 차올랐지만 엄마 아빠에게 얘기하고 싶어져
서 꾹 참았죠

자꾸만 귀 뒤가 간지러워도 코로 숨 쉬니까 참 좋았어요

숨이 막히면 언제라도 뛰어내릴 수 있을 것만 같았답
니다

새

새가 되어, 나뭇가지와 전신주 사이, 빨간 신호와 좌회전 신호 사이, 유리창과 반사광 사이로 날다 보면 택배 아저씨의 웃자란 수염이 거칠고 언젠가 만난 적 있는 요구르트 아줌마 정수리 냄새가 난다. 점원들은 창에서 창으로 옮겨 다니며 창을 닦거나 창에 기대거나 창밖을 보며 무료한 하루를 한 움큼 잡아 머리끈으로 질끈 묶는다.

아무리 쪼아도 줄어들지 않는 건물. 잘리고 그만두고 때려치우고 사거리 목 좋은 상가에 세를 얻어 편의점을 하고, 치킨집을 하고, PC방과 노래방을 겸업하면서 남편이나 아내까지 끌어들여 갖은 수단을 동원해도 건물의 기둥은 당신의 월수입을 갉아먹으며 두꺼워진다. 날 수 있을 거란 기대 같은 거 뭐 자유니까.

새가 되어, 가로수 꼭대기에서 짝을 찾거나 교회 십자가에 앉아 종일 울어 대도 거기까지다. 깃털처럼 하루가 돋아나고 또 하루가 불쑥 빠지면 뭔가 달라지겠지, 뭔가는 좀 나아지겠지, 적어도 뭔가는 바뀌고 있을 거야. 속에다 나뭇가지를 주워 쌓고 아자나 으쌰, 와우, 파이팅 같은 걸 개어 발라 둥지를 지어 보지만 그거로는 건물을 올릴 수 없다는 것쯤 지나가던 개도 안다.

하루아침에 파산을 맞지는 않겠지만 노동력에 용기에

희망까지 있는 대로 끌어모아 장사를 하는데도 전세 대출금, 권리금, 보증금, 공과금, 각종 세금, 임대료는 여태껏 내려간 적이 없다. 당신은 어느 날 깃털 빠진 닭처럼 거리를 돌아다닐지도 모른다. 어떤 닭들은 몰려다니며 병들고 허약한 척하면서 소리소리 지르고 머리채를 잡아당기며 할퀴고 자해 공갈에 협박을 하며 태극기를 흔들다가 깔고 앉아 막걸리를 나눠 마실 것이다.

새가 되어, 그럴 일은 없겠지만 혹시라도 지상에서 발이 조금 떨어지는 수도 있겠지만, 그리 멀리 가지는 못하고 한 지상 3층 정도에서 창문 안쪽을 기웃거리기나 하겠지만, 조심해야 한다. 언제라도 종북이나 빨갱이로 몰릴 수 있으니 날아오르려거든 더 멀리 더 높게 날아올라서 바다를 건너든가 대기권을 박차고 나가 버려야 한다. 벌써 그렇게 떠난 새들도 더러 있을 뿐더러 용기가 부족해 기러기 편대를 꾸려 술을 찾아다니는 아빠들도 있다.

완전히 새 되지 않으려고 구직을 하거나 조그만 가게라도 빌려서 부푼 꿈이랍시고 창업을 하면 어떻게든 돈벌이 같은 게 될 테지만 새대가리라도 곰곰 생각해 본다. 뭐 빠지게 일해서 생활비에 할부금, 대출이자까지 통장을 스치고 나면 임대료를 받는 건물주와 월세를 받는 건물주와 이자와 수수료만 챙기는 은행, 그 건물주만 남는다. 당신이 날아가는 새도 떨어뜨린다는 권력을 가졌거나 마스크에 휠체어 타는 재벌의 가족이나 족벌이 아니고는.

새가 되어, 죽을 때까지 지상에 세 들어 살지 않으려면 힘껏 날아오르는 수밖에 없을 텐데, 아끼고 아껴서 모으고 모아다가 조물주 위에 사는 건물주 좋은 일만 하는 거 아닌가. 지금도 아이들은 그 어떤 장래 희망의 위용도 무너뜨린 건물주라는 직업을 얻기 위해 참새처럼 조잘대며 학교에 가고 앵무새처럼 공부를 하고 있는지도 모른다. 건물과 건물 사이로 새가 난다.

도라에몽과 딸의 재구성

미안하지만
누구도 대신할 수 없는
너의 알몸을 가지고 있어

스무 살, 어느 날 #친구들 #수다 #불금 #나이트클럽 #DJ #부킹 #훈남 #2차 #소주 #골뱅이 취한 네 모습이 신기하고 애처롭고 간지럽지 #어부바 #모텔 #침대 모든 시도는 결국 그게 하고 싶어서 시작하는 거니까 #발버둥 #비몽사몽 #숙박비 #네 카드 #영수증 #원 나잇 스탠드 난 정말이지 콘돔이 우주에서 제일 싫어 ㅋㅋ #내 이름 #기억나니? #동상이몽 초코 시럽같이 끈적끈적한 밤이 흘러 #샤워 소리 #연락해 내가 준 전화번호 개구라지 #지갑에 #십만 원 #잘 쓸게 당했구나! #아는 언니 #착한 언니 #전화 #울트라캡숑 #킹왕짱 #페미니스트 성폭력상담소와 경찰서 사이에서 고민하지 마 #네 알몸 #동영상 #SNS #유튜브 질질 짜는 거 아니지? #복수 #같은 장소 #같은 시간 #잠복 공업용 커터칼 ㅋㅋㅋㅋ 영화 찍냐? #이놈이 이놈 같고 #저놈이 저놈 같아 누구든 걸리기만 하면 확 그어 버리고 싶겠지만 #내 얼굴 #기억은 나? 끈적거리지 마 #세상의 반 #나 같은 남자 #밤의 반 #너 같은 여자 발에 채여

#난 #도라에몽 수집가야 #스무 살도 아니고
#너 닮은 피규어 샀어 #편의점 #행사 상품
#피규어 같은 거 #달고 다니면서 #나부대지 마
#미안하지만 #누구도 #대신할 수 없는
#너의 #신분증 #가지고 있어 #ㅋㅋㅋ

방어흔

아이는 수직 동굴을 떠올렸다

일관되게 증언을 했지만
여섯 살이라는 이유로
증거는 채택되지 않았다
이불도 없는 방에서 꼭 안아 주어도
동생 배는 점점 부풀어 올랐다

소리가 소리를 넓히고 소리를 낳는 굴

부부싸움을 하던 어린이집 원장 남편이
똥을 쌌다며 동생의 주린 배를
멀리 날려 버리려는 듯 힘껏 걷어찼다
소리가 새 나올까 봐 입을 꽉 깨물었는데
눈과 코에서 물이 쏟아졌다 흘러내렸다

빛 한 줌 없는 감촉의 시간마저 멈추고

우니까 계속 우니까
배 위에 올라타서 밟고 때리고

때리고 밟다가 어? 죽었네!라고 말했다
23개월밖에 안된 동생이 또 울까 봐
안아 주고 또 안아 주었지만
손등에 생긴 멍은 사라지지 않았다

아이는 지진처럼 떨었다

해설

봄, 데카당스의 서막

정은경 (문학평론가)

　서광일의 첫 시집 『뭔가 해명해야 할 것 같은 4번 출구』(이하 『뭔가 해명해야 할 것 같은』)에서 가장 빛나는 시적 장치이자 두드러지는 감각은 '시각'이다. 시인은 '시'를 통해 현전한 세계가 객관적 세계가 아닌, 전적으로 '자신'의 감각과 경험에 의해 표상된 것임을 자각하고 있다. 또한 시인이 가장 예민하게 성찰하고 있는 '본다'라는 행위가 객관적 세계 관찰이 아니라 가라타니 고진의 말처럼 자신을 세계로부터 소외시키는 내적 인간의 자기 투시임을 인지하고 있다.

　가령 제1부의 '봄' 시리즈는 서광일 스타일의 창작 방법론이 예각적으로 드러나는 시편들이다.

　　번호를 맞춰 본다
　　누가 뒤통수를 빤히 보는 것 같다
　　18이 44와 45를 본다

고요가 적막을
적막이 참혹을
저기 어디쯤을 본다
담장 너머 떨어지는 목련꽃
햇살과 새싹 사이를 본다
이를 악문다

사다리 끝을 본다
오른다 본다
철탑 끝에 윙윙 바람이 분다
아내가 신은 양말에서 구멍을 본다
조심스레 신발을 벗어 본다
아슬아슬한 발아래 세상
사람들이 지나가다 고개 들어 본다
잘 모르겠다는 듯 가던 길 간다
하염없이 꽃잎만 본다

—「봄 1」전문

   위 시의 제목인 '봄'은 표면적으로 계절상의 '봄'을 뜻하기도 하지만, 심층적으로는 '보다'를 의미한다. 위 시에서 각운처럼 반복되는 '본다'는 "번호를 맞춰 본다" "신발을 벗어 본다" "고개 들어 본다"에서처럼 어떤 것을 시도하는 것을 뜻하는 어미로 등장하기도 하지만, 대체로는 '보다'라는 시각 작용의 의미로 제시되고 있다. 시인의 눈은 '햇살과 새싹 사이를 보고, 양말에서 구멍을 보고, 꽃잎만 본다.' 이 응시는 목련꽃, 꽃잎, 햇살과 새싹 등으로 이루어진 '봄날'의 행복한 정경을 향해 있는 듯하지만, 심층적으로 데카당스라는 균열을 품고 있다. 왜 그런가?

위 시에서 내놓은 그림에는 목련꽃, 꽃잎, 햇살, 새싹이 있다. 그러나 봄을 지시하는 객관적 상관물은 생기도 없고 찬란하지도 않다. 목련꽃과 꽃잎은 하염없이 추락하는 중이고, '고요'는 적막과 참혹을 향해 나아가는 중이기 때문이다. 추락과 사멸을 암시하는 이 시선의 데카당스한 방향성은 시적 화자를 사다리 끝, 철탑 끝으로 이끌면서 더욱 증폭된다. 이 힘에 이끌린 시적 화자는 철탑 위에 서게 되고, 결국 발아래 세상을 본다. "사람들이 지나가다 고개 들어 본다/잘 모르겠다는 듯 가던 길 간다/하염없이 꽃잎만 본다"는 마지막 시구는 이 응시의 주체가 타인의 무심한 시선을 받으며, 곧 꽃잎처럼 추락할 것임을 암시하고 있다.

그러니까 위 시에서 '본다'의 주체는 일종의 '꽃과 새싹, 햇살'로 이루어진 신생의 봄이라는 동일성에 균열을 내는 '타자'이고, 저 그림 위에는 존재하지 않는 비가시적인 힘이다. 『말과 사물』에서 푸코가 분석하고 있는 벨라스케스의 「시녀들」처럼, 위 시가 지시하는 것은 저 봄의 아름다운 정경을 일그러뜨리는 타자, 외곽에 놓인 시선이며, 그것은 곧 '봄'과 대립되는 몰락과 부패, 소멸의 기운을 품고 있는 힘이다.

「봄 2」에서도 다소 몽롱한 봄의 기운을 품고 있는 1연과

달리 2연은 '봄은 본다'라는 기본 서술 구조 속에 "식은땀/흠뻑 젖은/낡은 외투에/살의를 숨기고/둔기처럼/무겁게//잠든/발치에서/창에 비친/달그림자처럼/당신 숨결을"이라는 불길한 시선의 내용을 담고 있다. 서광일에게 있어 '시선'은 이렇듯, 산뜻한 에로스가 아니라 뭔가 부패와 퇴폐의 기운을 담은 리비도이다.

「봄 3」의 지하철에서 남자들의 시선은 잠든 여인의 짧은 치마 사이를 향해 있다. "다리가 점점 벌어진다" "치마는 짧고 시선은 깊다" "사내들은 오로지 한곳만 본다"라는 시구에서 폭로되는 이들의 투시는 곧 탐하고 능욕하는 욕망의 투창이다. 이렇듯 서광일이 의식적으로 선택하고 있는 '본다'라는 창작 방법론은 조화롭고 질서 있는 상징계의 후미진 곳을 집요하게 부조화(浮彫化)하고 있다는 데에서 데카당스하다. 밝고 긍정적인 발견이 아니라 썩은 냄새와 무질서와 어긋남을 끝끝내 발굴하고 드러내 놓는다는 점에서 시인의 끝은 자못 퇴락과 병리의 엔진과 협력하고 있는 것이다. 이 시선의 데카당스는 앞서 언급했듯, 동일성에 균열을 내고, 그 틈을 더욱 집요하게 후비고 파서 끝내 치부를 드러내는 타자이다. 그 타자에 의해 '봄'은 봄이 아니고 '소녀'는 소녀가 아니게 된다.

타락천사들: 네가 누군지는 중요하지 않아

'봄'은 동일성의 표상에서 균열을 읽어 내는 능동적 힘이지만, 또한 무책임하고 방관자적인 거리를 의미하기도 한다. 「봄 1」에서 철탑 위에 누군가가 서 있는 것을 보고 그냥 지나쳤던 시선들처럼, 「치부」에서도 사람들은 골목에서 벌어지는 어떤 폭력적 사건을 목격하지만 "다들 해바라기처럼 빤히 보고만" 있을 뿐 개입하지 않는다. 이 방관의 시선 속에 피해자는 "보는 사람과 보여 주는 사람 사이의 거리"를 육체적 고통보다 더 아프게 감각하면서 '시선을 따라 바닥을 구른다.' 타자에 의해 양각화된 모종의 균열과 틈새는, 하여 공감과 동정의 사건적 계기가 되는 것이 아니라 '치부'로 새겨진다. 시선은 '나와 너'를 연결시켜 주는 선이지만, 그 선은 좀처럼 좁혀지지 않는 완강한 거리로 남아 '너'라는 타자성을 확인한다.

보이는 것 너머의 비가시성을 집요하게 응시하는 시인의 눈은 곳곳에서 이면들을 발굴한다. 그리고 그 이면들은 어긋난 퍼즐 같은 데카당스한 조각들을 보여 줄 뿐 슬픔과 절망이라는 공감의 형태로 나아가지는 않는다. 가령 「웃는 여자」에서 시적 화자는 백화점 화장품 매장 판매원의 다른 모습을 들춰낸다. 그녀는 하루 종일 매장에서 웃지만, 일과 후 그 웃음은 분노와 광기로 변질된다. "문을 잠그고 창을 닫고/욕을 하며 잡히는 대로 집어던진다". "울었다 선풍기 목을 부러뜨렸다/스마트폰을 박살"내는 여자는 이제 '웃는 여자'가 아니다. '웃는 여자'라는 동일성의 표상은 "거울 조각 속 수많은 그녀가 운다"라는 그림으로 해체된다.

'소녀시대' 시리즈의 시편들에서도 이러한 데카당스한 시선은 집요하다. 「소녀시대 1」에서 보여 주는 '소녀'는 우리가 아는 순수하고 여린 소녀가 아니다.

> 계단을 오르며 침을 뱉는다
> 운동화 밑창 앞코가 벌어졌다 AC
> 위아래 훑다가 눈 마주친 아저씨처럼
> 달은 뻔뻔하게 딴 데를 본다
> 언제 단둘이 만나기만 해
> IC 졸라 개병신 C8 생기다 말았네
> 실컷 입 모양을 만들어 본다

> —「소녀시대 1」 부분

위 시에서 '소녀'는 순수의 표상도, 아저씨들을 열광케 하는 매끈한 걸그룹도 아니다. 침을 뱉고 상스런 욕을 하고, 검정색 벤츠에 오르는 소녀는 원조교제로 돈을 버는 되바라진 어린 여자일 뿐이다. 할머니에게 소리를 지르고 쇼핑백을 안기는 자매(「소녀시대 2」)거나 정류장에서 아저씨들에게 욕을 하며 차비를 구걸하는 불량소녀(「소녀시대 5」), 주정뱅이 아버지에게 맞고 가출한 소녀(「소녀시대 3」)들은 "네가 누군지는 중요하지 않아/파릇파릇한 이파리가/거기 서서 웃어 주길 바라니까"(「소녀시대 4」)라는 요구를 정면으로 반박한다, 소녀들은 '푸르고 싱싱하게' 습관적으로 웃어 주길 바라는 타자의 시선에 균열을 내면서 '내가 누구인지'를 폭로한다. "나이는 알아서 뭐하시게? 술이나 한잔 사 주실 거 아니면 모양 빠지게 그러지 좀 말구요. 안습. 딸 같아서 하는 얘기는 완전 개닥치시구요. 싫으면 가죠, 아님 꺼지시든가. 아이 씨, 몸에 손대진 말라니까. 열라 진짜 씨발, 차비만 주고 가던 길 가면 된다니까"(「소녀시대 5」)라고 말하는 이들은 '소녀'라는 기표를 교란하는 앙팡테리블이다. 이 타락한 천사들은 곧 놀이터에서 담배를 피우고 술을 마시며 괴성을 지르는 무서운 폭주족(「놀이터」)이기도 하다. 그러나 무서운 아이는 물론 '무서운 아이'기만 한 것은 아니다. 이들의 반항이 '무서워하는 아이'에서 비롯되었음을 시인은 잊지 않고 있다. "아버지는 밤늦도록 술만 마셨다 여기만/아니라면 어디라도 상관없다"는 소녀는 "간밤엔/가슴 위로 화물열차 지나가는 꿈"(「소녀시대 3」)을 꾸며 창고에서 길고양이처럼 두려움에 떠는 아이들이고 검정색 벤츠에 "타지 않아도 될 핑계"(「소녀시대 1」)를 찾는 불안한 존재들이다.

「구연동화 워터월드」는 이들의 타락과 반항이 사실 어른의 폭력과 유린에서 비롯되었음을 보여 준다. 이 시에서 어린이 구급 대원인 초등학생 윤수는 바다에 몸을 던진다. 윤수는 깊은 바닷속에서 파란 사과가 주렁주렁 열려 있는 과수원을 보고 파란 사과를 베어 물고 기다란 작살을 지닌 커다란 아저씨를 만나지만 이 푸른 정경은 행복한 동화가 아니다. 작살을 지닌 아저씨란 곧 그를 성적으로 희롱하며 학용품으로 회유했던 현실의 교장 선생과 겹치면서 이 판타지는 잔혹동화로 바뀐다. 숨이 막혀 컴컴한 바다로 뛰어들었다는 어린 윤수는 위의 '소녀시대' 시편의 욕하고 원조교제하는 앙팡테리블의 탄생에 대해 절규로 증거한다.

불화: 이 밤의 신호 체계는 약속이 아니다

그렇다면 기표와 기의, 말과 사물의 불일치와 어긋남에 대해 집요하게 추궁하는 시인의 시선은 어디에서 비롯된 것일까. 매끈한 동일성의 표상에서 기어코 부패와 타락, 쇠락과 추락, 소멸을 읽어 내는 이 데카당스한 의지는 무엇인가. 여기에는 서정주의 「자화상」이나 윤동주의 「서시」처럼 돌연히 자아 선언하는 한 편의 자화상을 참고할 수 있다.

오래된 하수구 냄새였으므로

세면대 실리콘 사이에 낀 곰팡이 자국 위로
욕실 세제를 흠뻑 휴지에 적셔 놓았지만

타일 틈새를 따라 바닥 솔이 벌어질 때까지
분노의 솔질이 중지 첫마디 살점을 떼어 낼 때까지
수챗구멍으로 흘러드는 핏물에 헛웃음이 줄줄 새 나왔으
므로

오래된 집엔 틈과 금이 얼마나 많은가
가구들은 약속이나 한 것처럼 십 년씩 늙어 있나
날벌레들은 얼마나 쉽게 짓뭉개져 얼룩이 되나

언제 잃어버렸는지 모를 자괴 따위가
막힌 변기를 뚫다 떠오른 칫솔처럼

하수구에 버려진 것들에 대해 책임지지 않았으므로

창문을 열어 환기하고 테이프를 덧발라 틈을 메워도
끝내 나는 하수구 냄새의 오래된 발원지였으므로

—「발원지」 전문

　부정적 자아의식을 매혹적으로 선언했던 기형도의 「오래된 서적」이나 「질투는 나의 힘」처럼 위 시는 자기부정과 자멸, 그리고 그것에 대한 유혹과 은밀한 탐닉을 보여 준다. 위 시에서 시인의 집은 하수구 냄새, 날벌레, 얼룩, 틈과 금, 곰팡이 등으로 냄새나고 퇴락하고 썩어 가는 공간으로 그려진다. 시인은 퇴락과 부패의 상징인 하수구 냄새를 없애기 위해 타일 틈새에 세제를 뿌리고 솔질을 하지만 좀처럼 성공하지 못한다. 그리고 그 불가능성과 실패의 끝에서 냄새의 발원지가 자신임을 깨닫는다. 오래된 집의 틈이 시인의 내면에 대한 비유라고 했을 때 분노의 솔질이나 핏물, 살점 같은 것도 일종의 내적 성찰이나 그 과정으로 볼 수 있다. 마치 윤동주의 「참회록」처럼 시인은 거울을 닦듯, 내면의 틈과 얼룩을 닦아 본다. 그러나 그의 노력은 언제나 실패한다. 냄새의 발원지는 자괴감과 무책임으로 자정 능력을 상실한 시인의 내면이기 때문이다. 이러한 부정 의식은 김종삼의 「원정」과 같은 치열한 자기부정, '이번 생은 망했어'의 절멸, 불행 의식과 맞닿아 있다.
　이 데카당스한 자의식은, 그리하여 세계를 조화와 균형

있는 질서의 세계로 받아들이고 재현하는 것이 아니라 기존의 말과 사물의 질서를 해체하여 이지러짐과 불화의 형상으로 드러낸다. 사물과 인식, 세계와 인간의 어긋남은 특히, 어떤 말의 과잉, 기표의 질주로 표현되기도 한다. 가령 「토한 자국」에서 "말이 곧 직업인 그녀"는 "이 직업의 미학은 참는 거야"라는 지침에 따라 자신과 무관한 말들을 쏟아 낸다. 시인은 이 기의와 진심과는 유리된 말을 곧 구토로 표현하기도 하고, 하루 종일 "안녕하십니까"를 반복해야 하는 안내 데스크 자동 반복 인사를 "몇 개 안 되는 문장의 주어는 고객님"(「웃는 여자」)이라고 표현함으로써 주객전도의 현장을 폭로한다.

"고맙고/미안하다" "입이란 거 어떤 때는/적재 초과된 덤프트럭 같아"(「바통을 놓친 이어달리기 선수 3」)라는 비유 또한 이러한 말의 과잉과 전도와 관련된다. "적재 초과된 덤프트럭"처럼 입은 마음에도 없는 말, 나와는 무관한 말들을 쌓아 놓고 흘린다. 상투적인 말들은 그러나 진짜와는 상관없는 썩은 말이고, '초과'된 말이다. 시인은 이 데카당스한 말들의 시장에서 "너는 심지어 요즘 잘나간다고/이것도 일이라고 한 거예요" "차라리 욕을 해 이 씨발아" "존댓말 사이에 꼬챙이 찔러 넣지 말고/주둥이에 스테이플러를/3초 간격으로 한 개씩 박아 버릴까"(같은 시)라며 분노한다. 가짜와 수사로 이루어진 말들은 사용가치를 잃어버리고 교환가치로써만 의미를 갖는 화폐와 같다. 화폐를 주고받는 일이란 곧 시장의 일이며, 이 자본과 허식으로 오염된 말 뒤에 숨겨진 능멸이라는 '진짜'를 감지한 시인은 차라리 욕을 하라고 소리친다.

시인은 일상에 미만한 이 불일치와 퇴락에 분노하지만, 때로는 그 틈새를 담담한 어조로 풀어내기도 한다. 가령 「풍림아파트 106동 407호」라는 시는 외로운 독신자 아파트를 새로운 전경으로 보여 준다. "방, 화장실, 거실 겸 방, 베란다"로 이루어진 이 작은 공간에는 할아버지와 할머니, 소녀가 살기도 하고 연인이 살기도 하고, 이혼한 부부가 살기도 한다. 하여 "독신자 아파트엔/아무도 혼자 살지 않는다"라는 탄식은 비극이 아니라 불행에 깃든 위안을 뜻한다.

서광일은 또한 이 말의 과잉, 과도한 기표를 이용해 극적인 장면이나 화자의 심리를 형상화하기도 한다. 「마침」이나 「바로 그때」와 같은 시가 이러한 예에 속한다.

지지리 궁상이다. 세탁기에서 꺼낸 빨래가 지들끼리 꽉 엉켰다. 마침 아기를 재우고 걸레를 빨던 삼양연립 201동 401호 은경 씨. 다음 달부터가 걱정이다. 임신 8개월까지 직장에 다녔고 벌써 그게 1년 6개월 전이다. 마침 남편 회사는 일이 점점 줄더니 감원이 시작됐다. 경기가 나빠지면 사람 수를 줄이는 방법 말고 이렇다 할 대안은 없는 건가. 결국 엉킨 빨래는 바닥에 떨어지고 엉겨 붙은 먼지처럼 질문만 잔뜩 묻어난다. 오늘따라 유난히 빨래들이 탁탁 털어지지 않고 고집을 부린다. 욕심을 부린 것도 아니고 남들처럼 프리미엄 따져 가며 집을 구한 것도 아닌데 대출이자는 대놓고 올랐다. 마침 아기가 생겼고 태어났고 자랄 것이다. 아기 옷은 따로 빨아야 되는데 엉킨 빨래 속에 곰돌이 내복 바지가 딸려 온다. 아기가 깼는지 우는 소리가 난다. 마침 비행기가 낮게 난다. 진짜 더럽게 시끄럽게도 난다.

—「마침」 전문

위 시는 연립에 사는 은경 씨의 곤궁을 '엉킨 빨래'라는 매개를 통해 형상화하고 있다. '육아휴직을 하고 남편 회사는 감원이 시작되고 대출이자는 오르고 아이는 키워야 하고' 등등의 생계 문제가 잘 풀리지 않고 꼬여 버린 형국을 시인은 "먼지처럼 질문만 잔뜩 묻어" 있는 엉켜 버린 빨래라는 시각적 형상에 담아내고 있다. 이 곤궁을 더욱 극화하기 위해 시인은 네 번의 '마침'을 삽입하고 있는데, 위 시에서 이 글자는 마치 장애물처럼 위압적 존재감을 드러내면서 은경 씨의 곤경을 더욱 극적으로 드러내고 있다. 「바로 그때」라는 시 또한 '바로 그때'라는 부사의 바로크적 수사를 통해 상황의 비극성을 강조하고 있는 시이다.

얼마나 외쳤을까
탑승하지 못한 취객들이
버려진 전단지처럼 몰려다녔다
창을 내리고 올리며 행선지를 고르는 택시
신호가 바뀌기 전에 정지선을 급하게 떠난다
씨발과 좆같네 사이로 침을 뱉는다

이 밤의 신호 체계는 약속이 아니다

그때

한 사내가 가방을 던지며 도로로 뛰어들었다

(중략)

멈추지 못한 택시 한 대가 사내를 들어 올린다

그는 급발진된 것이다

메슥거리는 목구멍에다 손가락을 집어넣은 듯

부장은 어제처럼 비아냥거릴 게 분명하다

한심하다는 표정으로 아내는 방문을 닫을 거다

닳은 구두 밑창과 함께

사내는 짓이겨진 꽁초처럼 꺾여 있다

비린내 같은 게 코끝을 스친다

후드득 빗방울이 떨어진다

바로 그때

—「바로 그때」 부분

위 시는 혼잡한 밤거리에서 벌어진 교통사고를 그리고 있다. 사람과 차로 어지러운 소음과 무질서가 "버려진 전단지", "이 밤의 신호 체계는 약속이 아니다"와 같은 언술로 표현되고 있는데, 이 데카당스한 무법천지의 광경과 말의 흐름 속에 "짓이겨진 꽁초처럼 꺾여 있"는 사내의 형상과 '바로 그때'라는 단어가 깃발처럼 돌출해 있다. 약속이 깨어진 신호 체계처럼 "씨발과 좆같네" "부장은 어제처럼 비아냥거릴 게 분명하다"가 누구의 말인지 누구의 불안인지 알

수 없는 혼란 속에, 차가 아닌, 사내가 '급발진'하는 전도가 일어나고, '바로 그때'와 '빗방울'이 이 정경의 주인공처럼 오연하게 부각됨으로써 비극성이 극대화되고 있는 것이다.

서광일은 현실 비판적 시각이 두드러진 시에서 또한 이러한 바로크적 양식을 적절히 사용하고 있다. 가령 「고래밥」과 같은 시는 실업과 착취의 현장을 '고래잡이' '고래밥' 등의 고래 모티브의 변주로 형상화하고 있는데, 그 이미지의 간극과 속도가 자못 신랄한 풍자를 담아내고 있다.

커다란 돛을 펴고 물살을 가르며 몇 개의 작살을 꽂고 떠돌고 싶었다 솟구쳐 봐도 직장을 구할 수 없었다

무턱대고 고래밥만 먹고 있는 너

알음알음 일용직을 기웃거리고 파트타임 알바에 오토바이 배달까지 이자는 이자를 낳으며 몸집을 불렸다

요즘엔 맵고 짠 음식에만 손이 가

숨만 쉬고 살아도 통장에선 돈이 빠져나가 아이들은 자랄 테고 학원에 다니고 끝나면 또 학원으로 가겠지만

너는 고래를 잡으러 로또 방에 간다

부스러기처럼 묻어나는 기대감 때문에 날마다 막막함을
조합해 여섯 개를 만든다

고래는 왜 그 커다란 몸집을 이렇게 작은 물고기들로만
채우는 걸까

—「고래밥」 전문

위 시는 네 개의 '고래' 이미지를 잇대어 시적 화자의 절
망을 한 편의 성공적인 서사로 풀어내고 있다. 화자는 커다
란 돛과 작살로 고래 사냥을 하는 원대한 꿈을 지닌 청년이
다. 그러나 현실에서 그는 '고래밥' 과자나 먹고 있는 궁핍
한 백수이고, 로또방에서 복권에 원대한 이상을 얹는 무능
한 청춘일 뿐이다. 고래 사냥과 고래밥, 로또라는 그림 사
이에는 고래보다 더 거대한 이자와 아이들의 교육비가 완
강하게 비집고 들어차 있다. 그 간극으로 인해 시적 화자의
현실은 더욱 비참하고 불가항력처럼 그려진다. 그리고 시
인의 눈은 이 개별적인 실업 청년의 상황을 자본주의 메커
니즘이라는 거대한 지평 위에 세운다. "고래는 왜 그 커다
란 몸집을 이렇게 작은 물고기들로만 채우는 걸까"라는 탄
식은 결국 실업을 양산하고 서민을 희생시키는 양극화와
금융자본주의의 악랄함에 대한 고발에 다름 아니다.

다정한 거리: 우리의 간격이 우스웠다

시간이라는 게 모양이 제각각이어서
우리는 한참 동안 멀리 있었다
제 무게를 견디지 못한 담뱃재가
탁자에 떨어졌다
글쎄 몇 번의 이별이 저런 모양이었던가
부스러기가 날렸다

고생이 뭔지도 모르고 살아온 거야 자네
적어도 말귀를 알아듣는 줄 알았는데
눈 속으로 연기가 들어갔는지
담배 목을 심하게 꺾어 눌렀다
무슨 말씀이십니까
대충 테이프로 붙여 놓은 깨진 강화유리처럼
나의 말끝은 날카로웠다
그러니까 아직 젊을 때
미친 듯이 욕심을 부려야 한다는 건지
그때서야 나는 딱딱한 의자를 밀었다
드르륵 바닥을 긁는 소리에
그는 입 모양을 만들려다 만다
내 머릿속은 한참
공사 중인 사거리에서 멈췄다

눈살을 찌푸렸다
차가 많이 막히는 모양입니다

그는 다시 담배에 불을 붙였다

학교가 파했는지 골목 여기저기서

신발 가방을 든 아이들이 깔깔대며 튀어나온다

대체 무슨 꿍꿍일까

좀처럼 다물어지지 않는 입술처럼

갑자기 우리의 간격이 우스웠다

가시죠 그만

—「바통을 놓친 이어달리기 선수 1」전문

　위의 시는 한 편의 연극처럼 압축적이다. 두 사람이 탁자를 사이에 두고 짤막한 대화를 주고받고 그보다 더 긴 침묵으로 이어지는 이들의 내면 심리가 풍경으로 제시되고 있다. 삶에 대해 충고하고 힐난하는 듯한 어른, 그리고 자신을 고집하는 청년 사이에는 '바통을 놓쳐 버린 이어달리기 선수'처럼 허망한 거리가 놓여 있다. 어른의 말에 청년의 반응은 "담배 목을 심하게 꺾어 눌렀다/무슨 말씀이십니까/대충 테이프로 붙여 놓은 깨진 강화유리처럼/나의 말끝은 날카로웠다"에서 짐작할 수 있듯, 반항적이다. 담배 목을 심하게 꺾어 누르며 "무슨 말씀이십니까"라고 묻는 청년의 불편과 시니컬함은 "깨진 강화유리"의 날카로움으로 시각화된다. 이 두 사람의 관계의 성격, 상황에 대한 디테일한 설명이 없어도, 우리는 이 둘의 불화를 "딱딱한 의자를 밀었다" "눈살을 찌푸렸다"라는 간단한 스케치만으로 충분히 짐작할 수 있다. 파국을 뜻하는 "가시죠 그만"의 종결도

훌륭하지만, 대치하는 두 사람의 긴장을 풍부한 암시로 담아 전경화하는 시인의 솜씨가 매력적이다. 못다 한 말과 끝내 좁혀지지 않는 이들의 간격을 "좀처럼 다물어지지 않는 입술"에 빗댄 것도 성공적인 수사이다.

사실 서광일의 첫 번째 시집에서 매력적인 시들은 이처럼 '깨진 유리 조각' 같은 데카당스한 에너지를 품고 있지만, 서로의 비동일성을 해치지 않으면서 다정하게 함께 배치되어 있는 풍경을 담고 있는 경우가 많다. 이는 서광일의 특장이라고 할 수 있는데, '시각'에 예민한 자의식을 지닌 시인은 분명한 메시지가 되지 못한 어떤 순간의 기미들과 분위기를 이미지화하는 데 탁월한 감각을 보여 준다. 가령 "달팽이처럼 통증을 말아/온몸을 감쌀 수 있다면/하지만 하루란 건/가슴을 얼마나 펴느냐에 달렸다"(「드림고시원 301」)나 "담에 기대 볕을 두르고 앉은 노인들"(「그림자」) 같은 표현이나 "어머니는 버리고 갈 식기까지 깨끗이 씻어 말립니다" "개집 위에 아버지가 갈아 놓은 황새목 낫이 유난히 날 서 있습니다. 장독에 떨어진 풋감은 때깔도 좋습니다. 빈 개밥그릇 같은 낮달만 감나무 가지 끝에 걸려 있습니다"(「이사」)에서처럼 이사 직전의 시골집 풍경을 전통적 서정으로 담아낸 시들에서 시인의 소묘 솜씨를 엿볼 수 있다.

시인의 등단작인 「복숭아」도 이러한 서정적 묘사가 뛰어난 작품이고 표제작인 「뭔가 해명해야 할 것 같은 4번 출구」나 「겨울 골목 빵집 앞」 「이런 식으로 서성이는 게 아니었다」도 이러한 계열에 속하는 작품들이다.

건물 주인은 세를 올리는 대신 딸 핑계를 댔다
봄이면 골목을 서성이던 빵 냄새도 떠나야 한다

막 속살 오른 빵이 뽀로통한 아이 볼 같다
누군가는 봉지처럼 버려지고 누군가는 밟는다

바람이 냄새를 반죽하는 동안 봉지가 굴러간다
무겁게 가방을 맨 아이들이 골목으로 달린다

한 줌씩 떼어 낸 걱정이 부풀어 오른다
배고픔의 모양들 종류별로 진열돼 있다

어둠이 도시를 숙성시키는 동안 공사는 계속된다
갓 구운 빵 둥근 모서리만 아이처럼 들썩거린다

사거리에 또 프랜차이즈 빵집이 들어섰다
반죽을 빚던 사내가 모자를 한참 고쳐 쓴다

—「겨울 골목 빵집 앞」 전문

위의 시는 프랜차이즈 빵집으로 인해 문을 닫아야 하는
골목 빵집의 곤경을 쓸쓸하지만 따뜻한 정감으로 제시하고
있는 시이다. "서성이던 빵 냄새" "속살 오른 빵이 뽀로통한
아이 볼 같다" "한 줌씩 떼어 낸 걱정이 부풀어 오른다" "배
고픔의 모양들 종류별로 진열돼 있다" "어둠이 도시를 숙성

시키는 동안 공사는 계속된다"와 같은 묘사는 전통 서정시 양식의 가장 훌륭한 실례에 속한다. 골목 빵집의 풍경이 적절한 이미지를 통해 시각화되고 있으며, 빵집 주인의 걱정과 순박함이 "어둠이 도시를 숙성시키는" 공사의 파괴력과 대비되면서 사물과 서정이 적절히 호응하고 있다.

공중전화

코트를 입은 외국인

수화기를 내려놓는다

동남아시아 어디쯤

짧은 한숨 끝에 동전을 꺼낸다

사내는 좌우를 살피더니 급하게 걷는다

툭 종이 가방이 떨어진다

걸음을 무르고 재빨리 줍는다

출발 신호를 기다리는 단거리 주자처럼

몸이 심하게 앞으로 쏠린다

힐끔 뒤를 본다 걸음이 빨라진다

계단을 두 칸씩 밟고 오를 때

무심코 눈이 마주쳤을 뿐인데

지하철 4번 출구를 나가는 중이었다

사내는 뭔가에 쫓기는 듯

계단이 끝나자마자 뛰기 시작한다

붙잡고 싶었고 물어보고 싶었다

나도 모르게 당신을 쫓고 있는 기분

노동자로 보이는 외국인 한 무리가 내려온다

알아들을 수 없는 자음과 모음들이 부딪친다

이미 늦었다

                —「뭔가 해명해야 할 것 같은 4번 출구」 전문

위 시는 「겨울 골목 빵집 앞」이나 「복숭아」처럼 은유와 비유가 도드라지지는 않지만 담담하고 건조한 사실 서술만으로 탁월한 성취를 이루고 있는 시이다. 이 시 또한 구체적 정황이 품은 긴장과 행간을 풍부하면서 정확히 재현하고 있다는 점에서 한 편의 상황극처럼 읽힌다. 동남아시아로 짐작되는 이주 노동자 한 명이 종이 가방을 떨어뜨린다. 곁에 있던 시적 화자가 얼결에 이 종이봉투를 줍고, 이를 건네기 위해 걸음을 빨리한다. 화자와 눈이 마주친 이주 노동자는 그를 자신을 쫓는 누군가로 오인하고 달아난다. 이 짧은 서사는 이주 노동자와 관련된 한국의 현실 지형뿐 아니라 갈등과 편견과 같은 보편적 문제를 구체적인 상황을 통해 묘파하고 있다. 다양한 현실 지평과 화자와 이주 노동자가 마주친 오해와 곤혹이 "뭔가 해명해야 할 것 같은 4번 출구"라는 제목에 응집됨으로써 하나의 성공적인 이미지를 구축하고 있는 것이다.

11월 저녁 버스 정류장 앞이었다

겨울이 도착하는 소리를 다급하게 들었다

사람들은 버스가 멈추는 지점을 향해 달렸고
몇 개의 얼굴들이 확대되었다가 사라졌다

부모와 자식은 간단명료하게 이별 연습을 하고
남편과 아내는 무관심을 들키지 않으려고 애쓴다

사라지지 않으려고 별의별 짓을 다했다
어머니는 수술한 사실을 감추려고 전화기를 꺼 놓았다

아버지는 원래 아픈데다 원체 말이 없다
이 계절을 극복할 수 있는 유일한 힘은 돈이다

다가올 인생이 끊임없이 12월만 반복될 것 같아서
두툼하고 견고한 외투를 입은 자들만 훔쳐보았다

사람들은 어깨에 맨 근심을 붙잡고 버스에 올랐다
어떤 추측도 인과관계도 분명하지 않았다

사람들 사이에 섞여 있음에도 불구하고
누군가 날 조심스레 지워 버린 게 분명했다
　　　　　　—「이런 식으로 서성이는 게 아니었다」 전문

「발원지」와 호응하는 한 편의 자화상으로 읽어도 좋을 위
시는 소멸을 향해 가는 존재의 기미를 따뜻한 터치로 그려

놓고 있다. "겨울이 도착하는 소리" "어깨에 맨 근심" "몇 개의 얼굴들이 확대되었다가 사라졌다"와 같은 시인 특유의 묘사력은 희미하게 빛나는 몇몇 등장인물들의 소요와 함께 이 시의 주제를 성공적으로 부각시키고 있다. 시인은 버스 정류장에 서 있고, 사람들은 버스에 타고 내리는 사람들을 본다. 시인은 부모와 자식, 남편과 아내로 사람들의 관계에서 이별의 기미들을 읽어 내고, 자신의 부모를 떠올린다. 그리고 자신을 둘러싼 관계가 이미 단절과 이별의 종착점 어디쯤에 있음을 깨닫는다. 그 관계의 단절은 어머니, 아버지의 부재만이 아닌 곧 자신의 부재임을 시인은 감지하면서, 이 무채색의 겨울 풍경에 지워진 자신을, 곧 '부재'를 아로새긴다. 버스 정류장을 오가는 사람들과 무관한, 일상의 단절은 쇠락해 가는 겨울의 데카당스한 풍경 속에 적절히 스며들면서, 시인의 부재를 부각시키고 있다. 이 데카당스한 시선은 퇴락과 부패, 소멸을 품고 있지만, 여타의 시에서처럼 냉소적이고 부정적이지만은 않다. 부재를 긍정하는 이 자기부정의 데카당스는 '종말'을 뜻하는 12월의 반복에 대한 우려와 물질주의 비판을 품고 있지만, 니체의 '아모르 파티(amor fati)'처럼 시인은 종내 이 허무와 종말을 긍정하고야 마는, 쇠락의 기운으로 빛나고 있다. 이 역설적 긍정의 힘이 이 시집을 통해 보여 준 시인의 데카당스에 대한 예민한 촉수, 일상에 대한 빼어난 소묘와 더불어 그의 시를 더 넓은 지평으로 이끌리라 믿는다.